KB239784

목회칼럼 산모칼럼

고훈 · 김영란 지음

베드로서원

목회칼럼 사모칼럼

목회칼럼 사모칼럼

# 서문

내가 나의 주인을 만난 지 44년이 되었고 그분을 위해 목회한 지도 35년이 됐다. 만남의 은총보다 더한 은총이 어디에 있으랴. 그분 안에서 아내와 자녀들을 만났고, 신학교 5년 동안은 하남교회를 만났고, 졸업 후 30년은 안산제일교회를 만났다. 교인들은 나의 스승이요, 나의 은총이며, 나의 목숨이었다.

국민일보 겨자씨에 2년 동안 연재한 그들의 이야기를 편집한 글이 이 책이다. 이미 출판된 나의 책 속에 반복되는 글들도 있다. 그럼에도 이 책은 이 책 나름대로 생명을 주기 위해 삭제하지 않았다.

목회자들에게 작은 보탬이 되고 교인들에게 하나님을 섬기는 길잡이가 된다면 더 바랄 것이 없다. 오직 나의 주인인 주님께만 영광을 돌린다.

고 훈

목차 

목회칼럼

주님이 포도나무일 때 나는 가지이다. 나도 주님이 없으면 아무것도 아니다.
주님도 나 없으면 안 된다고 하신다. 가지 없이는 열매를 거두지 못하기 때문에….

우리가 누구인지 아십니까?

기숙사에서 신학생 세 명이 영화를 보고 밤 12시경 월담하여 들어오다 엄한 학장 선교사에게 발각되어 운동장에서 무릎을 꿇고 벌을 받고 있었다.

"너희들은 내가 누구인지 아느냐?"

"예, 우리 신학교 학장 선교사님입니다."

"무단이탈, 월담, 늦은 귀교 죄로 그에 상당한 벌을 내리겠다."

그때 신학생중 하나가,

"선교사님, 우리들이 누구인지 이름을 아시겠습니까?"

"내가 너희들의 이름을 어찌 알겠느냐?"

그 소리가 떨어지기 무섭게, "그러면 됐습니다" 하고 모두 도망쳐버렸다.

내가 하나님을 아는 것은 그리 중요하지 않다. 하나님이 나를 아는 것이 실로 중요한 것이다.

눈물의 주기도

전도사 시절, 임신 8개월 된 아내와 눈이 오는 추운 겨울날, 성미가 떨어져서 그날 저녁부터 금식하기로 했다. 그곳은 시골교회라 쌀가게가 주변에 없었다. 금식이 아니라 굶식이어서인지 뱃속의 아이와 아내의 배까지 고파 왔다.

밤 11시, 발자국 소리가 나서 나가보니 누군가 쌀 한 말과 나무를 놓고 갔다. 밥을 지어놓고 감사기도를 하다가 "일용할 양식을 주시니…" 하는 대목에서 우리는 껴안고 울어버렸다. 주의 종은 일용할 양식도 눈물로 받으라는 은혜를 배고픔으로 깨달았기 때문이다. 우리는 지금까지 누가 쌀을 놓고 간지도 모른다.

피서에서 피세(避世)로

다녀본 세상이 아름답던가 / 그것은 / 우리 아버지가 / 그분의 가슴으로 이 세상을 만드신 까닭이다 / 발로 밟은 대지가 풍요롭던가 / 그것은 / 우리 아버지가 / 그분의 손길을 통해 날마다 채우시기 때문이다 / 사람들이 지나는 자리가 더럽던가 / 그것은 / 우리 아버지가 / 가꿔주시는 이 아름다운 정원을 / 사람들의 더러운 몸으로는 / 감당하지 못한 까닭이다 / 사랑하는 이여 / 그대 삶을 위해 피서를 했으니 / 이제는 더 나은 내일을 위해 / 더 깊은 곳에서 / 그분이 주시는 것 건져내려면 / 피세(避世)를 해야 하지 않겠는가

-졸작, '피서와 피세'

주 5일 근무제로 인해 쉬는 날이 더 많아졌다. 어떤 이유로든지 6일 동안 힘써 일하라는 주님의 말씀에 위배된다. 그러나 현실이 그렇다면 우리는 쉬는 방향으로 머리를 쓸 것이 아니라, 영성의 시간으로 드려야 할 것이다. 피서보다 피세를 하며 하나님을 가까이 할 일이다.

대머리도 감사

감사(Thank)는 생각(Think)으로부터 온 말이다. 무슨 일이나 어떤 상황에서도 깊이 생각하면 감사할 수밖에 없다. 대머리에도 감사할 일이 여섯 가지나 된다.

① 여성에게는 거의 없는 현상이다. 모든 여성은 감사할 일이다. ② 하나님의 사랑을 받는 자가 대머리가 된다. 날마다 우리의 앞이마를 쓰다듬어 주시기 때문이다. ③ 얻어먹는 사람이 없다. 대머리 모습으로 도와달라고 하는 사람은 아직 한 사람도 보지 못했다. ④ 엘리사도 대머리였다. 비교적 목회자들 중에 대머리가 된 사람이 많다. 엘리사 후손이라 그렇다. ⑤ 물자를 절약할 수 있다. 비누, 샴푸, 물… 등. ⑥ 하나님을 편하게 해드린다. 주님은 날마다 우리의 머리카락을 세신다(마 10:30). 대머리는 셀 것도 적으니 주님은 얼마나 편하시겠는가?

스님들과 함께 식사를

　모임에서 스님들과 목사님들과 동네 어른들과 함께 점심식사를 하게 되었다. 스님이 불교 대표로 식사기도를 하고 내가 기독교 대표로 기도를 하게 되었다. 스님이 식사기도 마지막에, "하나님과 부처님 이름을 합쳐서 기도합니다"라고 했다. 스님이 하나님의 이름을 불러 기도하니 감격할 일이다. 이제는 내가 기도할 차례가 되었는데, "예수님과 부처님 이름으로 기도합니다"라고 화답하지 못하고, "예수님의 이름으로 기도합니다"라고 했더니 스님들과 어른들도 아멘했다.

　예수와 부처 이름을 합쳐서 내가 기도했다면, 그날은 내가 죽는 날이요, 우리 교회와 나의 기독교가 죽는 날이다. 불교는 종교 다원주의이기 때문에 얼마든지 섞어도 더 영광이 된다. 우리는 예수 외에는 천하에 구원을 얻을만한 이름을 주신 적이 없다(행 4:12). 예수 이름을 어느 이름과 비교할 수 있겠는가? 어떤 이름을 감히 주님의 이름 곁에 놓을 수 있겠는가?

주여! 나는

주여! 나는 당신의 한 벌 옷입니다 / 나를 입고 가고 싶은 곳으로 가십시오 / 주여! 나는 당신의 초가집입니다 / 내게와 당신의 거처를 삼으십시오 / 주여! 나는 당신의 한 켤레 신발입니다 / 나를 신고 가야 할 곳으로 가십시오 / 주여! 나는 당신의 지팡입니다 / 나를 집고 당신의 능력을 행하십시오 / 주여! 나는 당신의 질그릇입니다 / 당신이 기름으로 채워 당신의 불을 밝히십시오 / 주여! 나는 당신의 목소리입니다 / 내게 오서서 노래를 부르십시오 / 주여! 나는 당신의 짚건불입니다 / 내게 불로 오서서 불쏘시개를 삼으십시오 / 그때야 비로소 나는 / 당신의 영광이 됩니다 / 당신의 종이 됩니다

-졸작, '주여 나는'

주님이 포도나무일 때 나는 가지이다. 나도 주님이 없으면 아무것도 아니다. 주님도 나 없으면 안 된다고 하신다. 가지 없이는 열매를 거두지 못하기 때문에….

눈을 팔아서라도

일제시대 때 남도지방에 가난한 집사 부부가 교회당을 건축하게 되었는데, 도중에 재정이 바닥나자 그들의 한쪽 안구를 팔려고 병원을 찾아갔었다. 의사는 죽은 사람의 안구는 살 수 있어도 산 사람의 눈은 뺄 수가 없다며 거절하였다. 그럼에도 그들은 계속 간청하며 의사에게 매달렸다.

의사가 물었다.

"왜 멀쩡한 사람이 눈을 빼서 팔려는 거요?"

"교회당을 짓다가 돈이 모자라서 그럽니다. 하나님 성전을 짓다가 저대로 뇌둘 수는 없는 일 아닙니까? 그러니 제발 저희들의 간청을 들어주세요."

교회당 완공을 위해 눈을 팔겠다는 말을 듣고 의사는 감동했다. 마음이 크게 움직인 그 의사가 특별헌금을 했고 결국 그들 부부는 안구를 팔지 않아도 성전을 완공할 수 있게 되었다.

간디의 리더십

어느 날 간디가 열차를 타다가 신발 한 짝이 벗겨져 철로가로 떨어졌다. 기차는 이미 출발하고 있었다. 순간, 간디는 남아있는 다른 한 짝의 신발마저 벗어 철로가로 던졌다.

동행한 수행원이 의아해하며 물었다.

"왜 그리하십니까?"

간디는 대답했다.

"나도 남은 한 짝의 신발로는 쓸모가 없게 되고, 누군가 나의 잃어버린 신발 한 짝을 줍는다고 해도 그 사람 또한 한 짝의 신발로는 아무 쓸모가 없게 될 것이다. 분명히 가난한 나의 백성이 나의 잃어버린 신발 한 짝을 주울 텐데, 한 짝이 더 있어야만 그 신발을 신고 다닐 수 있지 않겠는가."

이것이 무지항으로 인도를 영국으로부터 독립시킨 간디의 리더십이다. 신발 한 짝을 잃은 순간에도 그 백성의 형편을 생각하고 순발력 있는 배려를 생각한 간디의 정신을 배워야 한다.

간디의 희생

간디가 "쥐가 고양이를 이길 수 있는가?"라는 질문을 인도 사람들에게 던졌다. 물론 고양이는 영국이고, 쥐는 인도를 빗댄 말이다. 모두는 불가능하다고 말했다. 그러나 간디는 쥐가 고양이를 이기는 방법이 하나 있다고 했다. 그것은 쥐가 쥐약을 먹고 고양이 앞에서 춤을 추는 것이다. 고양이는 쥐를 잡아먹지만, 고양이도 쥐약을 먹은 쥐를 먹었기에 결국 죽는다는 말이다. 쥐약은 희생이다. 수억의 인도 사람들의 침 한 방울씩만 헌신하면, 30만의 영국 사람들이 떠내려가게 하기에 충분한 강물이 될 것이라고 외쳤다.

앞으로 다가오는 세대는 이기주의가 과학화되어 가고 희생은 약화되는 세상으로 전락된 시대를 살 것이다. 희생 없는 지도자, 십자가 없는 교회는 모든 것을 다 가지고 있어도 생명력을 잃게 될 것이다.

집안에 불이 났다면

프랑스의 지성인 작가 장꼭또는 "집안에 불이 났다면, 당신은 무엇을 가지고 나오겠는가?"라는 질문을 세상에 던졌다. 혹자는 현금을, 주식을, 땅 문서를, 보석을… 이라고 자신의 가치관에 따라 대답했다. 그러나 장꼭또는 불을 가지고 나오겠다고 말했다. 불을 가지고 나와야 불을 끌 수 있기 때문도 아니고, 내 몸이 불탔기에 어쩔 수 없이 불을 가지고 나오겠다는 말도 아니었다. 불이 닿는 곳마다 무엇이든지 열을 전도시키고, 태울 수 있고, 뜨겁게 할 수 있기 때문에 불의 열정을 가지고 나오겠다는 고백이다. 비록 모든 것은 불속에서 잃었다 해도 그 속에서 건질 수 있는 것은 불의 열정을 배우는 것이다.

"내가 불을 땅에 던지러 왔노니 이 불이 이미 붙었으면 내가 무엇을 원하리요" (눅 12:49).

어떤 선교

에드위나 선교사가 시카고의 매춘녀 기지촌에서 선교할 때 한 사람의 영혼도 건지지 못한 채 그들과 함께 기거하며 오직 매춘녀들의 상담, 건강, 복지, 인권만을 겨우 도와주던 중 큰 시험을 만났다. 험상궂은 남자가 에드위나를 매춘녀로 오해하고 지명한 것이다. 나는 매춘녀가 아니라고 대답하면 매춘녀들의 자손심을 상하게 해서 그들에 대한 선교는 끝나는 것이고, 매춘녀라고 대답한다면 매춘녀가 되고 마는 순간이었다. 어떻게 대답을 해야 할지 몰라서 망설이는 순간 주인이 나와서, "에드위나는 안 됩니다. 그녀는 지금 에이즈를 앓고 있습니다"라고 말해주었다. 그 말을 들은 남자는 혼비백산하여 도망을 쳤다.

그 다음 주일날 많은 매춘녀가 예배를 드리러 나왔다. "에드위나 당신이 우리 편에 섰으니 주일날은 우리도 당신 편에 매주 서겠습니다"라고 하면서.

성폭행을 당한 그 후

성폭행을 당하고 임신한 소녀 리이젤은 신앙의 양심상 낙태할 수 없어 딸아이를 낳아 입양시키고 신학교에 들어가 목사가 된다. 26여 년이 지난 어느 날 입양시킨 딸로부터 전화를 받는다. 여러 경로를 통해 생모의 소재를 알았다면서 그동안 양부모로부터 자신은 성폭행 당한 불행한 아이로 태어난 것을 들었고, 훌륭한 양부모의 신앙교육으로 대학을 졸업하고 결혼해서 딸 하나까지 낳았다고 말했다.

그러나 리이젤 목사는 전혀 기쁘지 않았다. 26년 전 성폭행한 그 남자가 생각났기 때문이다. 눈치 챈 듯 딸은 어머니를 괴롭히기 위함이 아니라, 나를 낙태시키지 않은 것에 대한 감사함과 내가 믿는 예수를 어머니도 꼭 영접하고 구원받으시라고 전화를 했다는 것이다 (생모가 목사인지도 모르고). 그 후 서로 만나서 눈물을 흘리며 "죄가 많은 곳에 하나님의 은혜가 넘쳤음을"(롬 5:20) 하나님께 고백하며 감사했다.

1㎝의 기적

　우리 교회 조경행 집사님은 백혈병과 합병증으로 서울 K병원에서 치료를 받다 중환자실에서 산소마스크를 쓴 채로 운명하였다. 천국에 갔더니 천사가 선천적으로 1㎝가 벌어진 치아를 고쳐주었고, 주님이 오시더니 "네 손을 내 옆구리에 넣어 보라"고 하셔서 손을 넣었더니 따뜻한 피가 흐르고 있었다. 그 피를 만지는 순간 조 집사님의 모든 병은 다 나음을 받았다. 천국 구경을 하고 가라는 말씀을 듣고도 차마 주님의 얼굴을 쳐다보지도 못하고 돌아왔다.

　그는 4시간 만에 깨어나서 나사로 소생 사건처럼 모든 사람들을 놀라게 했다. 퇴원한 조 집사님은 치아를 내보이며 천국을 갔다 온 증거라며 간증을 했다.

　1년간 우리 곁에 머물면서 오직 하늘에 상을 받도록 전도하고 충성하라는 메시지를 전하다 이 세상에서 더 이상 적응하지 못하고 그리도 그리워하고 가고 싶은 천국으로 갔다. 교회는 조 집사님으로 인해 엄청난 전도와 부흥의 불길이 타올랐다.

이 권사님의 기도

내가 위암 말기 판정을 받고 수술을 받았을 때 나와 똑같이 위암 말기 판정을 받은 75세 된 이 권사님은 연세가 많고 수술할 수도 없는 위중한 상황이라 강제로 퇴원 당했다. 권사님은 집으로 가지 않고 교회로 달려가 삼손의 마지막 기도를 했다.

"하나님, 나도 말기 암, 우리 목사님도 말기 암입니다. 나는 희망이 없지만 목사님만은 반드시 살아야 합니다. 저에게 목사님의 암을 주시고, 제 생명을 취한 대신 목사님의 생명은 살려주십시오."

그렇게 하겠다는 하나님의 응답을 받고 권사님은 집에 돌아와서 그 다음날 소천했다. 장례를 마친 후 그 자녀들이 내게 와서 "목사님은 살아나 회복해 돌아오시리라"는 그 어머니의 유언을 들려주고 갔다.

나는 엘리야의 하늘나리에 가고 싶다는 기도를 중단하고 내가 죽지 않고 살아서 이 은혜의 복음을 전하고, 이 권사님과 함께 삼손의 마지막 기도를 드린 온 교우와 나를 아는 모든 사람들을 위해서 살아야 할 엄청난 이유를 찾았고 아직은 살아있다.

뉴욕 한성교회 여집사

5년 전 뉴욕 한성장로교회에서 집회를 인도할 때였다. 30대의 젊은 집사 내외분이 저녁식사를 대접하겠다며 강사인 나와 담임목사님을 자기 집으로 초대했다. 집에 도착하자마자 세숫대야에 따뜻한 물을 담아 수건과 새 양말을 준비하고 내 발을 씻겨주겠다는 것이었다. 나는 몇 번이나 거절하고 사양했다. 그러나 사연을 듣고 나서는 더 이상 거절할 수 없었다.

자신은 목사 딸이고 아버지의 뜻대로라면 당연히 목사의 사모가 되어야 했지만, 사모가 되겠다는 자신감이나 소명도 없다는 핑계로 도망치듯 미국으로 유학을 와서 지금의 남편을 만나 행복하게 살고 있다고 했다. 그래서 한국에서 목회자들이 뉴욕에 온다는 소식을 들으면 반드시 자기 집으로 초대하여 식사 대접과 발을 씻겨드리는 것이 자기의 사명이라고 했다. 그렇게 해서라도 목사의 사모가 되지 못한 불효를 씻고 싶은 죄스러움에서라고 했다.

그날 집회로 인해 피곤했던 몸과 마음은 그 부부의 섬김으로 다 풀어지고 지금도 잊히지 않는다.

어떤 금식기도

젊은 집사님 내외가 저녁식사를 대접 한다기에 방문했는데, 아내가 금식기도를 3일 동안하고 이 식탁을 준비했다고 남편이 귀띔을 한다. 무슨 이유로 금식까지 하며 식사준비를 했느냐 했더니, 목사님이 너무 바빠서 두어 차례 식사 약속을 어겼다는 것이다. 정성이 부족한 자기 탓이라 생각하고 3일 동안 금식했더니 목사님이 약속을 지켰다고 오히려 기뻐했다.

다윗이 장수들이 목숨을 걸고 떠 온 베들레헴 우물을 그들의 피라며 하나님께 부어 드린 일이 생각났다(삼하 23:17). 내가 이 식사를 하면 벌이 될 것 같아서 사양했더니 오히려 용서를 빌면서 다른 뜻은 없고 정성이니 드시라고 했다. 서로 옥신각신한 끝에 식사를 함께 마쳤다.

분명히 주님은 대집받는 사람이 복을 받는 것이 아니라, 대접하는 자가 복되다고 말씀하셨다(요13:17). 바쁜 목사는 나쁜 목사라더니 나는 나 자신이 얼마나 형편없는 목사인가를 깨달았다. 그까짓 밥 한 끼 후일 먹으면 어떠냐는 가벼운 생각이 순수한 교인을 가슴 아프게 한 것이다.

따뜻한 크리스마스

지난여름 단기 선교팀들이 필리핀에 갔을 때 구순구개열(속칭 언챙이) 장애자들이 유난히 많은 것을 보고 놀랐다. 그중 라이언이라는 생후 1년 반 된 아이는 입술이 두 쪽이 나서 거친 음식을 삼키지도 못하고 우유도 넘기기 버거울 정도였고, 부모마저 아이를 버리고 떠나버려 직장생활 하는 작은어머니가 맡아서 자기 아이들과 같이 돌보고 있었다. 단기 선교팀들은 그 아이와 작은어머니를 한국에 초대하여 1차 수술을 성공적으로 마치고, 6개월 뒤 2차 수술을 통해 완전히 치료해 주기로 했다.

눈물을 흘리며 감사하는 그들을 보고 필리핀에 있는 두 아이를 더 수술해 주었다. 그런데 유독 추웠던 대강절이 왜 그렇게 따뜻하던지… 그들이 한국교회를 하나님이라고 믿고 흘린 뜨거운 감사의 눈물이 우리의 가슴을 더욱 따뜻하게 했기 때문이다.

회개의 달

개견(犬) 자를 큰대(大) 자라고 우기는 친구와 큰 대자를 바로 읽고 아는 친구가 서로 자기가 맞다고 싸우다 스승에게 가서 진위를 가리자고 했다. 진 자가 점심을 사는 조건이었다. 스승은 두 사람의 주장을 다 듣고 난 후, 큰대 자를 개견 자라고 알고 있는 틀린 친구의 편을 들어주었다. 큰대 자를 바르게 알고 있는 친구는 스승의 판결에 의해 억울하게 점심을 사고 말았다.

그 후 그는 스승에게 찾아와서 왜 틀린 글자를 맞다고 판결해 억울하게 밥을 사게 했느냐고 따져 물었다. 그때 스승은 웃으면서 그에게 말해주었다.

"친구를 위해서 점심 한 끼 사는 것은 벌이 아니라, 상이고 복이다. 그러나 개견 자를 큰대 자로 알고 평생 사는 것은 형벌 중에 형벌이다. 틀린 것을 맞다고 우기는 그 친구에게 벌을 주어야겠기에 맞다고 했다."

우리가 잘못된 것이라는 것을 알거든 즉시 고치자. 잘못된 것을 마치 잘된 것처럼 밀고 나가는 것은 형벌 중에 형벌을 받고 있는 것이기 때문이다. 잘못된 것을 잘된 것으로 믿고 나가는 비극이 얼마나 큰 비극인가?

오 선생의 사법고시

완도에서 떨어진 노화도섬에서 태어난 오 선생은 지방에 있는 대학교를 졸업한 후, 6여 년 동안 사법시험에 도전한 끝에 드디어 1차 시험을 아주 우수한 성적으로 합격했다. 그러나 2차 시험에서 첫 시간을 망치고 말았다. 답이 도무지 생각이 나지 않았고 컨디션도 좋지 못했다. 너무 속이 상한 그는 자기 자신이 문제가 아니라, 6여 년을 하루같이 뒷바라지 해준 아버지의 실망스러운 모습이 더 걱정이었다. 그는 아버지께 전화를 걸어서 첫 시간 시험을 잘못 치러서 이번에도 아버지를 실망시켜 죄송하다고 용서를 빌면서 울었다. 아버지는 딸의 안타까운 울음소리를 듣고, "사랑하는 딸아, 낙심 말고 포기하지 말고 나머지 시험을 잘 치르고 오너라. 오는 주일부터 이 애비가 교회에 나가겠다"라며 딸을 위로했다.

오 선생의 아버지는 교회에 등록을 했고, 놀랍게도 사법고시 2차 합격통지서를 받았다. 아버지는 6년 동안 딸의 모든 뒷바라지를 다 했다. 그러나 단 한 가지 하나님의 도우심을 구하지 못한 것을 깨닫고 후회하며 20년을 중단했던 신앙생활을 다시 시작함으로 기적적인 은혜를 체험한 것이다.

사람을 믿지 말라

초등학교부터 장학생으로 대학까지 마친 법대 졸업생인 청년이 사법고시를 보았다. 이 고시생을 잘 아는 나의 친구를 만나 그가 사법고시에 합격했는지 물었더니, 이미 합격하여 사법연수를 준비하고 있다는 것이다. 나는 너무 감격해서 어려운 가정환경 속에서도 아이가 오직 부모의 기도로 합격했다고 교인들에게 설교를 했다. 그러나 한 주간 뒤 그 고시생이 불합격했다는 말을 직접 들었다. 그때만큼 나는 괴로울 수가 없었다. 수많은 사람들 앞에 했던 설교가 거짓말 설교가 된 것이다. 목사에게 이보다 더 큰 실수는 없고 괴로움은 없다. 그러나 엎질러진 물이었다.

일 년을 강단에 엎드려 금년에는 반드시 합격해서 나의 설교가 일 년 뒤에라도 거짓되지 않게 해달라고 쉬지 않고 기도했다. 금년에 그 고시생은 우수한 성적으로 합격했디. 그 후 "사람을 믿는 자는 저수를 받을 것이라"(렘 17:5)는 말씀을 내 목회 표어로 삼고 있다.

열병요법

　장애인학교 교사인 우리 교회의 남자 집사님이 갑상선에 암이 발생해 5cm짜리, 3~5cm짜리, 3cm짜리의 종양이 무섭게 자리를 잡고 있었다. 지정의는 수술하고 치료를 받아야 한다는 진단을 내렸고, 수술을 받기 위해 병원에 입원을 하였다. 그러나 입원하는 날로부터 9일간은 수술을 받을 수 없었다. 집사님에게 열병이 발생해 40도를 오르내렸기 때문이다. 제자들인 장애인들은 선생님의 병을 고쳐달라고 기도했고, 교회는 열병이 빨리 나아서 하루라도 암이 더 확장되기 전에 수술할 수 있게 해 달라고 기도했다.

　9일 후에 하나님의 응답으로 열은 모두 정상으로 내려와서 최종 검사를 받고 수술을 준비했다. 그러나 놀랍게도 3개의 종양이 모두 사라지고 없었다. 9일 동안의 열병이 그 무서운 종양 3개를 녹여버린 것이다. 지금은 성가대에서 찬양으로 봉사하고 있다. 우리는 열병을 고쳐 달라고 기도했으나 하나님은 암을 고쳐주신 것이다. 무슨 일이든지 더 악화될 때 낙심하지 마라. 하나님은 더 악화되게 해서 고치시는 치료의 하나님이시기 때문이다.

김치금식

나의 친구 목사님은 서해안 안면도에서 작은 농촌교회를 섬기고 있다. 어느 주일 저녁식사 때 한 달 동안 김치금식을 선포했다. 사연인즉 사모님이 주일 오후에 김치를 담가 그 김치를 주일 저녁밥상에 올린 것이다. 목사님은 화를 내며, "그렇지 않아도 주 5일 근무제로 인해 주일을 지키기가 어려워져가는 데 사모가 주의 날을 거룩히 지키지 않으면 누가 지키겠는가"라며 사모님을 크게 책망했다. 그리고 몇 가지 잘못을 지적했다. 첫째는 주일을 거룩히 지키라는 계명을 어긴 죄. 둘째는 교인들에게 신앙의 모범을 보이지 못한 죄. 셋째는 자녀들에게 바른 신앙유산을 물려주지 못한 죄. 넷째는 세상 사람과 같이 주의 날을 구별하지 못한 성범죄.

그 잘못으로 목사인 자신도 한 달 동안을 근신하며 김치를 먹지 않고 김치 금식을 실천했다. 친구 목사님은 바리새인도 사두개인도 아니다. 더욱 옹고집 목사님도 아니다. 모든 거룩한 것이 무너지는 세상에 그래도 주의 날을 거룩하게 지키려는 이런 목사님들이 어딘가에 있어 기독교는 살아있고 교회는 생명을 잃지 않는 것이다.

목사 아들의 헌금

농촌교회를 평생 섬기는 목사님의 아들이 고등학교에 다닌다. 도시교회 목사님들이 교회를 방문하여 그 학생에게 용돈 하라고 10만 원을 주고 가면 1만 원은 십일조로 바치고, 8만 원은 감사헌금으로 바치고, 1만 원은 자신 용돈으로 쓴다. 그것을 보는 사모님은 항상 가슴이 아프다. 십일조 1만 원과 감사헌금 1만 원만 드리면 나머지 8만 원을 가지고 한 달 생활비로 족히 쓸 수 있지만, 아들은 항상 그런 식으로 하나님께 드려왔다.

한 순간은 엄마의 가계 형편도 헤아리지 못하고 자기 믿음으로 돈만 생기면 다 바쳐버리는 아들의 헌금생활이 원망스러웠다. 그런 마음 가지고 성전에 들어가 엎드려 기도하면 눈물이 난다. 가난한 목사의 아내 처지가 안타까워 울고, 그까지 것 돈 8만 원을 그것도 하나님께 바친 것을 아까워한 가난한 자신이 미워서 울고, 나같이 보잘 것 없는 몸에서 어떻게 저렇게 믿음 좋은 아이가 태어났는지 감사해서 운다. 지금 농어촌 목회가 생각한 것만큼 쉬운 것은 아니다. 대부분 이런 사모들의 눈물 속에서 목회하고 있다.

형제들의 사랑

건축업자인 윤옥철 장로님은 IMF 때 부도로 모든 가산을 잃고 빈손이 된 후 그 충격 때문에 간경변으로 사망선고 진단을 받았다. 살 길은 오직 하나 간 이식을 받는 길이다. 큰 딸이 아빠를 위해 간 이식을 하겠다는 것을 거절했다. 시집을 안간 딸의 장래가 더 걱정스러워서였다. 형님과 동생이 형수와 제수와 함께 와서 서로 간을 기증하겠다고 싸웠다. 지정의는 두 형제의 간을 반절씩 기증받아 윤 장로님의 간을 모두 적출하고 이식하기로 했다. 23시간의 대수술, 140개 팩의 수혈 피 공급, 24명의 의사가 동원되어 3형제의 수술은 성공했다. 수술실 밖에서는 80세의 노모와 형수와 제수, 자녀와 조카들이 기도로 아픔을 같이 했다. 형수와 제수가 적극적으로 형님과 동생의 간 이식을 간청한 이유는 윤 장로님이 사업이 잘될 때 형님과 동생, 조카들을 돌보아준 그 은혜만으로도 가만히 있을 수 없었던 것이다. 수술비 1억 원은 4형제 중 제일 몸이 약한 동생이 부담했다. 형제의 사랑이 식어져 가는 세상에 핏줄 사랑이 이토록 죽어가는 형제의 생명과 그 가족들의 생명을 살렸다.

"형제가 연합하여 동거함이 어찌 그리 선하고 아름다운고"(시 133:1).

화재 사건

우리 교회는 단독주택지 안에 위치하고 있다. 교회 정문 앞에 불교인이 100여 평의 대지를 소유하고 있어 수차례에 걸쳐 매입을 시도했으나 가격문제로 서로의 이견이 좁혀지지 않아 매번 결렬되고 말았다. 그러던 중 절을 짓는다는 소문과 빌딩을 짓는다는 소문이 돌더니 결국 천막 창고를 지어 각종 고물 창고로 사용해서 오고가는 교인들에게 혐오감을 주었다.

그러던 어느 날 그 고물 창고에서 원인도 모르는 화재가 일어났다. 소방차가 동원되어 불은 딴 곳으로 번지지 않고 진화되었지만, 고물 창고는 앙상한 뼈만 남은 흉물이 되고 말았다. 그 다음날 땅 주인으로부터 적당한 가격에 땅을 팔겠다는 제안이 들어와 망설이지 않고 매입해서 오늘날 교회 정문 길로 이용되고 있다. 불교인들에게 화재는 그리 좋은 징조가 아니어서 팔았다는 후문이 있었다. 교회는 기도밖에 한일이 없는데….

"내가 불을 땅에 던지러 왔노니"(눅 12:49)라고 하신 것처럼 주께서 그 불을 그 창고에 던졌나보다.

내가 갚아주리라

남편이 도박에 손을 대더니 도박중독자가 되어 모든 가산을 탕진하고 시댁 친정 식구까지 모두 못살게 한 후 이혼까지 하고 외국으로 도망가 버렸다. 그의 아내인 여집사님은 남편이 버리고 간 딸과 아들 남매를 친정에서 얻어다 먹이고 입히며 기도로 키웠다. 교회 성가대에서 반주자로 사명을 감당하며 단칸방에서 피아노 한 대 놓고 어린 학생들을 모아 과외를 하며 10여 년을 눈물겨운 생활을 계속하였다. 감사한 것은 두 아이가 그런 어머니를 붙잡아 준 것이다.

두 아이가 국립 사대를 들어갔는데, 학비는 모두 장학금을 받았고 모자란 부분은 방학 때도 쉬지 않고 아르바이트하여 스스로 해결했다. 첫 딸이 2006년 전국 교사임용고시에 합격했다.

"엄마, 울지마. 이제 우리가 효도할 게, 동생아, 힘내라. 누나가 도와줄 게, 하나님, 감사합니다. 우리 엄마 건강 지켜주세요. 아빠 없는 설움보다 오늘 합격이 더 기뻐요."

"내가 전에 너희에게 보낸 큰 군대 곧 메뚜기와 느치와 황충과 팥중이가 먹은 햇수대로 너희에게 갚아 주리니"(요엘 2:25).

엘리 엘리 라마 사박다니

23년 전 다섯 살 된 내 아들이 말썽을 부리다가 아끼던 도자기를 깨뜨려서 아내에게 매를 맞은 적이 있었다. 잘못을 인정한 아들이 종아리를 걷고 회초리로 다섯 대를 인내심을 갖고 맞다가 아들이 더 이상 참지 못하겠는지 엄마의 목을 껴안고, "엄마, 엄마가 한번 매 맞아 봐라. 얼마나 아픈지? 엄마 내 다리에서 피나면 좋아?" 하면서 울었다. 아내는 매를 던지고 아들을 품에 안고 아들과 같이 울면서, "아들아, 엄마가 잘못했다. 얼마나 아팠니? 다시는 엄마의 말을 거역하지 말고 잘 놀아야 돼"라고 말해주었다.

자식을 기르다 보면 잘못을 저지른 자식에게 체벌할 때 도망치며 부모의 마음을 아프게 하는 자식이 있고, 아들처럼 매 맞으면서도 엄마의 품에 뛰어드는 자식이 있다. 예수님이 우리의 모든 죄를 대신하여 가장 몹쓸 십자가 고통을 당하신 갈보리에서, "나의 하나님 나의 하나님 어찌하여 나를 버리셨나이까?" 하신 말씀은 도망치는 절규가 아니라 하나님 품속으로 뛰어드는 아들의 기도이다. "그래도 나는 하나님밖에 없습니다. 세상 모두가 나를 버려도 난 저들을 버릴 수 없고, 하나님마저 저를 버려도 난 하나님을 버릴 수 없습니다" 하는 기도이다.

저들을 용서하옵소서

남편이 딴 여자와 눈이 맞아 아내와 3남매를 버렸다. 갈 곳이 없는 그 아내는 서울에서 안산으로 이사 와서 전도를 받고 우리 교인이 되었다. 모진 고생을 다해가며 3남매 모두를 대학까지 마치게 했고, 20여 년 동안 교회를 섬기며 권사의 직분까지 받아 충성했으나 50세 중년에 신부전 합병증으로 임종을 맞게 되었다. 심방을 간 나에게 용서를 빌었다. "목사님은 나의 남편을 용서하라고 하셨으나 나는 도저히 용서가 되지 않아 엊그제 찾아온 그를 저주하며 쫓아 보냈습니다. 그러나 목사님을 뵙고 이제야 그를 용서합니다" 하고 운명을 했다.

"하나님, 왜 죄진 사람은 저토록 건강하고 형통한데, 억울하게 버림당한 권사님은 고통으로 평생을 살게 했습니까?"

하나님의 응답은 내 마음에 이렇게 왔다.

'죄 시은 사람의 죄보다 믿는 사람이 용서해주지 못한 죄는 더 크다.'

용서는 상대를 위한 것이 아니라, 나 자신을 위해서 하는 것이라는 엄청난 교훈이었다. 십자가 위에서 주님이 제일 먼저 하신 말씀은, "저들을 용서하여 주옵소서. 저들은 자기들의 하는 것을 모르고 나를 십자가에 못 박았습니다" (눅 23:34).

자살을 뒤집으면

　　예수 믿기 전 젊은 시절 폐결핵 말기로 절망에 빠진 나는 살 소망이 끊어진 채 지옥과 천국을 몰랐기에 절망하며 자살을 여러 번 시도했다. 목매달아 죽으려다 숨이 막혀 죽을 것이 걱정되어 그만두고, 낭떠러지에서 떨어져서 죽으려다 바위에 머리를 부딪치면 얼마나 아플까 겁이 나서 죽을 수 없었고, 농약을 마시고 죽으려다 만약 살아나면 평생 후유증으로 고생할 것이 염려되어 죽지 못했고, 굶어 죽으려고 식음을 전폐하고 드러누웠으나 하루가 지나자 배가 고파 포기하고 말았고, 면도날로 동맥을 끊으려다 피가 쏟아지는 모습을 상상하자 무서워서 실행을 하지 못했다. 그 후 나는 권사님의 전도를 받아 예수 안에서 인생이 바뀌졌다. '자살 인생' 이 '살자 인생' 으로.

　　"내가 네 곁으로 지나갈 때에 네가 피투성이가 되어 발짓하는 것을 보고 네게 이르기를 너는 피투성이라도 살아 있으라 다시 이르기를 너는 피투성이라도 살아 있으라"(겔 16:6).

　　예수님은 우리 인생을 뒤집어 주시는 생명이시다. 살 생각하는 자는 삶에 이르게 되나 죽을 생각하는 자에게는 죽음에 이른다.

점심 사랑

내가 처음 예수를 믿었을 때 교회에 출석하여 교회에서 하는 공동작업에 빠지지 않고 참석했다. 우선 몸이 약해서 직장생활을 하지 못했기에 시간이 있었고, 교사나 성가대로 봉사하기에는 건강상 불가능했기에 다른 교인들은 힘든 작업을 할 때 나는 화장실 청소를 맡아서 했다. 작업을 하다 점심식사 시간이 되면 교회에서 수제비를 끓여 나눠먹으며 교제했다. 실로 즐거운 시간이었다. 그러나 나는 밀가루 음식을 먹을 수 없을 만큼 위 상태가 좋지 못했다.

젊은 여집사님이 수제비 한 그릇을 들고 왕복 10분 거리에 떨어진 자기 집에 가서 남편이 드실 점심밥과 수제비 한 그릇을 바꿔왔다. 나에게 그것은 밥이 아니라 사랑이었다. 예수의 성찬이었고, 그 사랑으로 목사가 되었다. 우리 교인들이 힘쓰고 있는 교회의 무료급식과 노인 병원과 요양원에서의 무료급식은 우연은 아니다. 그때 밥 한 그릇 진 빚을 갚고 있는 것이다.

윤 장로님의 전도

　건축업을 하는 윤 장로님은 하나님의 교회를 신실하게 섬기는 종이다.

　건축 현장에 일당을 받고 일하는 인부가 들어왔다. 중년된 분으로 사업에 실패하여 가족들을 돌보기 위해 막노동판에 뛰어들다 보니 공사장에까지 오게 되었다고 한다. 다른 곳보다 후하게 일당 10만 원을 주고, 주일은 교회 나가라고 일을 쉬게 한 후 10만 원을 따로 더 주었다. 주일을 지키게 하고 쉬는 날까지 계산해서 주니 그 가족 모두가 교회에 출석한 것이다. 그 후에도 온 식구가 예배시간 15분 전에 나와서 준비기도하며, 예배드리고, 교회에 열심히 출석하고 있다.

　더 놀라운 사실은 윤 장로님이 그 가정을 그렇게 전도한 후 신앙이 바뀌어 졌다. 순수한 영혼을 전도했으니 내가 혹시 그들에게 본이 되지 못하면 저 영혼들이 상처를 입고 예수님을 떠나면 어찌되겠냐는 책임감에 기도생활, 예배생활, 언어생활, 봉사생활, 사회생활, 직업생활 등 빈틈없이 하나님 앞에서 하게 되었다는 자기 변화의 고백이다. 이것이 크리스천의 구별된 삶이다.

부활신앙

우리 교회 오창석 안수집사님은 작업복에 흰 고무신을 신고 장의사를 운영한다. 수익금에서 생활비와 운영비를 빼고 모두 구제 사업에 쓴다. 또한 정박아, 고아원, 어린양의집 아이들의 장례를 전담해서 치러주고, 사할린 귀국동포를 위한 무료 장례는 물론, 요양원 식구들과 가난한 자도 무료로 장례를 치러준다.

가족과 담임목사인 나도 모르게 생면부지의 고등학생에게 신장 한 쪽을 기증해 주었다. 10년이 지난 오늘날 두 사람 다 건강하다. 고맙다며 어떻게 은혜를 갚을 수 있겠느냐고 찾아온 그 학생과 가족들에게 말하기를, "예수만 잘 믿으십시요. 그러면 됩니다. 나는 그 감사를 받을 수 있는 사람이 아닙니다. 감사를 받을 수 있는 분은 오직 예수님 한 분 뿐입니다. 예수님은 내게 생명을 주었습니다. 내 목숨도 내 몸노 내 재산도 내 것이 아닙니다. 오직 주님의 것입니다."

이것이 오 집사님의 부활신앙이다. 오 집사님을 보면 내가 부끄럽고 그의 인생이 부럽다. 나는 사후에 내 장기를 기증한다고 했으나 암병을 앓은 이후 장기 기증이 모두 취소되었다는 주치의의 소견을 들었다. 할 수 있을 때 하지 않으면 하고 싶을 때 못하는 일이거늘 오 집사님은 살아생전 신장을 주고 고등학생의 육신과 영혼을 동시에 살렸으니 그 감격이 어찌 크지 않겠는가?

실명과 건축헌금

20년 전 교회를 건축할 때 건축위원장인 김 집사님의 다섯 살 된 아들의 두 눈이 실명되었다. 병원에서도 원인을 모른 채 3일이 지났다. 병원에 심방을 갔을 때 온 집안 식구가 두려움과 염려로 낙심 가운데 있었다. "너희 염려를 다 주께 맡기라 이는 그가 너희를 돌보심이라"(벧전 5:7)는 말씀을 전하고 안수기도 했다. 기도가 끝나자 아이가 눈을 뜨며 "그래도 안 보인다"고 했다. 정말 실망스러운 마음이 들었다.

철야기도회 시간에 나는 엎드려 "하나님, 아이가 눈을 떠야 성전 건축을 완성합니다"라고 기도했고, 그 아이의 할아버지 장로님은 "내 눈 가져가시고 손자의 눈을 뜨게 해서 하나님의 영광 드러나게 하소서…" 하며 기도했다. 다음날 새벽 6시 아이는 잠자리에서 일어나 "아빠, 나 눈떴다. 이제 다 보인다"라고 했다.

건축위원장은 감사로 4억 원을 건축헌금으로 봉헌했고, 성물과 2,500석의 의자 전부를 단독으로 드렸으며, 당시 1,400여 평의 성전 건축을 완성했다. 당시 4억 원은 교회 건축공사비의 1/3정도였다. 아이가 눈먼 기간은 4일이었다. 하나님은 우리 교회 건축을 위해 하루에 건축비 1억씩을 눈먼 아이의 눈 속에 숨겨놓은 것이다.

어린이의 기도

개척교회에서 소수의 교인과 함께 교회건축이 버거웠던 목사님이 주일학교 어린이들까지 동원해서 특별 40일 새벽기도회를 가졌다. 목사님은 인근 학교 교장선생님으로부터 아이들의 새벽기도를 중지해 줄 것을 요청받았다. 새벽기도회에 참여한 아이들이 수업시간에 졸려서 지장이 많다는 이유였다. 그럼에도 어린이들의 새벽기도를 강행했던 어느 날 아침, 초등학교 5학년 아이가 새벽기도 시간에 졸다가 일어나보니 아침 7시였다. 집으로 뛰어오다가 등산을 갔다 오다 길에 쓰러진 할머니를 부축해서 동네 병원으로 옮겨 목숨을 구했다.

후일 고맙다며 그 할머니의 아들이 학교에 찾아와 이 어린이에게 선물로 보답하겠다고 갖고 싶은 것이 있으면 말하라고 했다. 가만히 듣고 있던 어린이가 말하기를, "아저씨, 나는 컴퓨터도 있고, 자전거도 있고, 장난감도 다 있어요. 저에게 선물하려거든 우리 교회가 성전을 건축하게 도와주세요. 제가 새벽기도 갔다 왔기에 할머니를 도와드릴 수 있었잖아요." 아이의 말에 놀란 할머니의 아들은 상당히 많은 건축헌금을 그 개척교회에 보내 성전을 완공하게 했다.

'Man work, Man works. Man pray, God works.' ; 사람이 일할 때는 사람이 일한다. 사람이 기도할 때는 하나님이 일한다. 기도하는 자는 시시해보여도 기도는 하늘을 움직인다.

어머니의 믿음

　시골교회에 목사님이 방문했다. 교회를 지키던 영수 부인이 밥 한 그릇을 지어서 목사님을 대접하는데, 다섯 살 된 영수 아들이 부엌으로 들어와 자기에게도 밥을 달라고 한다. 초근목피하던 일제강점기 말기라 쌀밥을 아무 때나 먹을 수 없는 때였다. 겨우 밥 한 그릇밖에 안 되니 목사님 드시고 남기면 주겠다고 약속했다. 그 말을 들은 아이가 뒷문에 가서 문틈으로 목사님의 입으로 밥이 들어갈 때마다 침을 삼키며 기다리다가 숭늉 가져오라는 말을 듣고 저 남은 밥은 내가 먹을 수 있겠다 했는데, 그만 시장한 목사님이 숭늉에 남은 밥을 말아 다 먹어버렸다.

　실망하고 화가 난 아이는 부엌으로 달려가, "엄마 목사 저 새끼가 밥을 남기지 않고 다 먹어버렸다. 엄마 거짓말했잖아" 하고 우는 아이 입에 행주치마를 물리며 감나무가 서 있는 뒷마당의 평상에 앉아 영수 부인은 아들을 책망하며 배고픈 설움에 울고 가난에 울었다.

　그 후 60여 년 지난 오늘 그 아들은 교회의 기둥이 되었다. 오늘의 한국교회는 그때 그 어머니들이 자식의 배는 굶겼어도 신앙의 밥을 먹였기에 그 아들들이 커서 이토록 큰 성전들을 짓고 엄청난 신앙의 유산을 남길 수 있었다. 오늘날 한국교회 어머니들은 아이들에게 밥을 너무 잘 먹여 소아비만에 걸린 아이가 많다. 영적으로는 성령 없이 기르는 고아를 만들고 있다.

스승과 제자

나는 지방에 있는 신학교를 졸업하고 서울에 있는 신대원에 합격했으나 당시 월 5,000원의 사례비를 받던 전도사 시절이라 등록금이 부족했다. 우연히 신학교 스승목사님을 만났는데, "등록금 준비는 다됐느냐"고 물으셔서 조금 모자라서 준비하고 있다고 하니, 사모님이 들으시고 우리에게 그 정도는 여유 있다며 융통해 주셨다. 후일 반드시 갚겠다고 약속하고 세월이 많이 흘렀다. 그 스승목사님은 미국으로 이민을 가시고 나는 목사가 되었다.

30년이나 지난 어느 날, 한국을 방문한 스승목사님과 사모님을 우리 교회에 모시고 옛이야기를 나누며 그때 진 빚을 100배로 갚으면서 용서를 빌고 죄송하고 감사하다고 했다. 그런데 스승목사님과 사모님은 30여 년 전 그 일을 전혀 모르고 계셨다. 기억이 안 난다는 것이다. 제자를 사랑하고 그 사랑을 준 것도 잊어버리고 살아온 스승의 생애다. 스승목사님은, "자네가 이렇게 성장해 있는 모습 그것이 제자로서 스승에 대한 보답이네. 우리가 자네의 목회하는 모습을 보는 것으로 우리 노년이 행복하네"라고 하셨다.

너와 함께 있었다

다섯 살 된 승호가 심장수술을 5시간 동안 받았다. 수술은 성공하여 중환자 회복실에서 하루를 치료받게 했다. 유리창 너머로 가슴을 애태웠던 우리는 면회시간이 허락되어 아이 곁에 갔더니 10개도 더 돼 보이는 고무호수들을 코와 가슴에 부착한 채 어린 것이 엄마를 보자마자 원망하며 울고 또 울었다. "엄마 어디 갔었어, 나 이렇게 아픈데 어디 갔다 이제 오는 거야. 나 수술 받을 때 엄마는 어디 갔었어?" 하며 엄마 가슴팍을 쥐어뜯으며 설움에 북받쳐 울고 아픔과 반가움에 울었다. 우리도 모두 울었다.

아무 말도 못하는 엄마 대신 내가 입을 열었다.

"너 수술 받을 때 엄마가 어디 있었는지 아니? 수술실 유리 밖에서 하루 종일 먹지도 않고 너를 위해 기도하고 네 고통과 함께 했단다. '엄마 생명 데려가고 우리 승호 생명 살려주세요' 라고 기도하며 함께 있었단다."

사랑하는 자가 아플 때는 아픈 자보다 사랑하는 자가 더 아프다는 것을 어린 것이 어찌 알랴….

선거

　　우리 교회는 세례교인들의 2/3 득표를 얻어서 장로에 임직한다. 1차 투표에 득표순대로 배수를 뽑고, 2차 투표에서는 2/3표를 얻어야 한다. 권오술 안수집사님이 1차 투표에서 최다득점을 했다. 인사 시간에 말하기를, "나는 65세 된 집사입니다. 남은 5년 동안 안수집사직도 제게는 무겁습니다. 젊은 사람 장로로 뽑아 교회를 젊게 하십시오." 양보 발언으로 젊은 사람들이 장로 반열에 올랐다. 그 후 비록 권집사님이 장로는 아니지만, 한 번도 집사로 생각한 적이 없다. 어느 자리든 상석에 앉혔다.

그일 / 누가 한들 못하겠는가 / 잘해야겠다는 결심 있겠지 / 지켜주고 도와주고 / 붙들어 격려하고 위로하면 / 하늘이 복 내려 / 좋은 세상 만들리라
혼사반 다 할 수 있겠는가 / 나눠서 하면 기회 오겠지 / 노력하고 준비하고 / 꿈꾸고 포기하지 않고 / 인내하면 / 다음의 종은 / 당신을 위해 울리리라
최선이 축배를 들고 있을 때 / 차선도 아름다운 것이다 / 차라리 되지 않았으면 / 더 좋았을 것이라는 / 후회는 없을 것이니

- 졸작, '선거를 마치고'

하시모토 집사님

일본 오사카에 우리 교회는 김 선교사를 파송했다. 오사카에 있는 하시모토 집사 부부가 시온교회를 설립하고 선교사의 자동차, 가옥, 월 사례비 등을 모두 담당하겠으니 우리 교회에서는 선교사만 파송해 달라는 조건이었다. 그 후 개척 4년 동안 교회는 괄목할 만큼 성장했다. 또한 하시모토 집사 부부 단독으로 수십억 원을 들여 빌딩건물을 매입하고 예배당으로 봉헌했다.

일본인 평신도에게서 이런 신앙이 어디서 왔을까? 하시모토 부인은 한국인이다. 그리고 딸이 태어났다. 어린 딸이 유치원을 다닐 때 어느 날 아버지 하시모토가 어린 딸의 일기장을 보고 감동받은 사건이다.

"오늘 선생님이 나의 소원이란 제목으로 글짓기를 해오라고 하셨다. 나의 소원은 하나가 있다. 엄마의 소원이기도하다. 엄마는 기도할 때마다 '일본에 와 있는 제일동포들을 위해 예배당을 하나만 갖게 해주세요' 라고 하신다. 나의 소원도 '하나님, 엄마를 위해 예배당 하나만 지어주세요' 이다."

이 일기를 본 하시모토는 4년 전, "엄마를 위해 네 소원을 들어주마"하고 딸과 약속하고 오늘 예배당을 봉헌한 것이다. 어린아이 입에서 나오는 찬미를 온전케 하신 하나님을 찬송한다(마 21:16)

그날의 오병이어 기적

이구봉 권사님이 장애인 남편을 모시고 4남매를 가난 속에서 키울 때다. 식량이 부족해서 여섯 식구의 식사가 넉넉지 못했다. 다섯 그릇을 채우고 나면 권사님의 밥은 늘 모자랐다. 자기의 밥그릇 밑바닥에 시래기를 끓인 것을 반절 넣고 위에는 밥으로 채워서 자식들의 눈을 속였다. "일용할 양식을 이렇게 풍성히 주시니 하나님 감사합니다. 우리는 가난의 축복으로 감사하지만, 내 자식 4남매는 부요로 축복하게 해주십시오"라며 식사기도 할 때 자식들 4남매는 시래기로 반절 채워진 어머니의 밥그릇에 한 수저씩을 가득 덜어 밥그릇이 넘치도록 눌러 채웠다. 식사기도를 마치고 나서 권사님께서 밥그릇을 보니 밥이 가득 넘쳐 있었다.

눈물을 흘리는 어머니를 향해 4남매는 손뼉을 치며, "어머니, 오늘 아침에 어머니 밥그릇에 오병이어의 기적이 일어났네요" 하며 그 가난을 감사하면서 4남매는 밝게 자랐다. 지금은 큰아들은 신학교를 졸업하고 호주에 선교사로 나갔고, 큰딸은 사업가로 잘 살고, 둘째는 유치원 선생으로, 셋째 딸은 간호사로, 권사님은 신학하시고 전도사로 어려운 시설에서 복음전도에 목숨을 바치고 있다.

6.25 성경

필자가 결핵 치료를 위해 고향에서 요양할 때 권사님께 전도를 받고 기독교로 개종해서 교회에 처음 출석한 날 친구 어머니인 김 집사님으로부터 성경책 한 권을 선물로 받았다. 김 집사님은 사리원에서 피난 와서 우리 동네에 정착하였다. 피난 때 비행기의 공습 파편으로 오른손은 기능이 마비되었다. 그때 그 집사님은 50대 부인이었다.

"고훈아, 네가 살려고 주님께 나왔구나. 우리가 네가 구원받도록 기도 많이 했다. 한경직, 김창인, 조용기⋯ 목사님들이 모두가 결핵을 앓았으나 예수 믿고 목사가 되신 분들이다. 너도 후일 목사가 되라고 결핵을 주신 것 같다. 이 성경은 내 보물이다. 이제는 눈도 멀고 읽을 수도 없구나. 네가 읽고 꼭 목사가 되거라."

마비된 손으로 내 가슴에 안겨준 성경책은 겉표지는 불에 타다 낡아 없어지고 겨우 알맹이만 남아있는 상태였다. 그러나 그 성경을 내 가슴에 안았을 때 내 가슴은 뜨거웠고 지금까지 평생을 한 번도 성경 말씀을 의심해본 적 없이 나는 성경을 읽고 또 읽어 목사가 되었다. 그 후 내가 교인에게 주는 최고의 첫 선물도 성경이다. 하늘나라에 가서 주님이 내게 면류관 두 개를 준다면 하나는 나를 전도한 윤 권사님께, 또 하나는 6.25 피난 올 때 갖고 온 성경을 안겨준 내 친구 어머니 김 집사님께 드리겠다.

할버지

"할버지"는 일 년 육 개월 된 외손녀가 할아버지인 나를 부르는 전용 호칭이다. "할버지" 할 때마다 어찌나 사랑스럽고 아름다운지 손녀가 들어오고 싶을 때는 언제나 들어오라고 손녀를 위해 내 방문은 항상 열어놓는다. 아프다며 "할버지" 할 때는 손녀를 껴안고 기도해서 고쳐준다. 힘 버거운 물건을 들고 "할버지"하고 부를 때는 아이까지 안아주고 도와준다. 어른들에게 책망을 받고 울면서 "할버지" 할 때는 껴안고 편역을 들어 어른들을 아이 앞에서 책망하며 위로해준다. 할버지는 손녀에게는 피난처요, 전능자의 이름이요, 바위요, 반석이요, 의사요, 완전히 돕는자다. 적어도 할버지를 믿고 할버지를 부르는 손녀에게 만은 나는 전부이다. 비로소 나는 여호와의 이름의 의미와 그 이름을 부르는 자는 구원을 얻으리라(롬 10:13)는 말씀을 실감한다.

"나의 힘이신 여호와여 내가 주를 사랑하나이다 여호와는 나의 반석이시요 나의 요새시요 나를 건지시는 이시요 나의 하나님이시요 내가 그 안에 피할 나의 바위시요 나의 방패시요 나의 구원의 뿔이시요 나의 산성이시로다(시 18:1~2).

어찌 우리 하나님이 나 같은 할버지만 못하겠는가?

너나 잘해라

서울 어느 장로교회 금년 표어가 '너나 잘해라' 이다. 재미있고 이색적이고 우리에게 주는 교훈이 크다.

첫째, 하나님 노릇하지 말라는 말이다. 때문에 하나님은 한 분이시고, 완전하시고, 전능자이시고, 무소부재하시고, 전지하시고, 사랑이신 하나님이 모든 것을 판단하실 때 그 판단만이 정확하다. 불완전한 인간이 어찌 바른 판단을 하겠는가?

둘째, 심판이 되지 말라는 뜻이다. 운동경기에서 관객은 구경에 전념하며 응원하고 즐기면 된다. 선수는 수비와 공격에만 최선을 다해야 한다. 만일 어떤 부당한 경우라도 심판에게 불평하여 심판노릇하면 옐로카드가 나오고, 다음에는 레드카드가 나와 퇴장을 당하고 만다. 비판하는 것은 인생의 심판노릇을 하는 일이다. 심판은 하나님만이 하신다. 하나님은 완전하시기에 실로 공평하게 오차가 없이 심판하신다.

셋째, 너나 잘하라는 말이다. 베드로가 순교하리라는 주님의 말씀을 듣고 요한은 어떻게 되겠느냐고 물었을 때 "내가 다시 올 때까지 그를 여기 두어도 너와 무슨 상관이냐 너는 나를 따르라" 고 하셨다. 교회에서 자기 일에 불충한 사람들이 남의 일을 간섭하고 평가한다. 자기 일을 잘하는 사람은 남의 일을 간섭하고 비판할 시간이 없어서 못한다.

28년 만의 기도응답

28년 전 신학교 졸업반 때 당시 서울의 대형교회인 H교회에 교육전도사 이력서를 제출하고 면접을 보았다. 돌아가서 기도하며 기다리라고 하기에 신학교 기도탑에서 금식하며 전화 오기만을 기다렸다. 그러나 전화는 오지 않았다.

28년이 지난 어느 날, 그 교회 담임목사님으로부터 한 주간 부흥회를 인도해달라는 전화를 받았다. 허락하고 가서 피차 온 교우는 교우대로 나는 나대로 큰 화해와 감사의 은혜를 주셨다. 성도들도 많이 울고 나도 시간 시간마다 눈물로 말씀을 전하였다. 다른 성회보다 감격한 것은 내가 28년 전 교육전도사의 부임을 거절 받았을 때 얼마나 실망이 컸었는지… 지금 생각하면 그때 졸업반인 나는 건강도 부족하고, 경력도 부족하고, 학력도 부족하고, 외모도 부족한지라 더욱 그랬다.

그러나 하나님은 세월이란 시간(크로노스)을 섭리의 시간, 하나님 시간(카이로스)으로 바꾸어 하나님의 때, 정한 때(풀레누)에 나를 부흥사로 만들어 그 교회에 28년 만에 보내주셔서 28년 전 기도에 응답해 주신 것이다. 기도하고 기다리면 결코 낙심할 일이 아니다. 하나님의 응답은 우리의 생각을 초월하신다(눅 18:1).

성민이 다리

25년 전 초등학교 1학년인 성민이가 학교에서 집에 오는 길에 교통사고를 당해 한쪽 다리를 잃었다. 내 아들이 다친 것보다 더 가슴이 아팠다. 새 성전을 건축 준비 중이였는데, 성민이 어머니인 집사님이 교통사고 보상금으로 받은 300만 원을 신문지에 싸서 건축헌금이라고 드렸다.

"목사님, 하나님께서 우리의 어려운 형편을 아시고 합의금으로 주셨습니다. 의족하는 데 쓸까, 장학금으로 쓸까 하다가 하나님께 드리는 것이 가장 귀한 일이라 여겨 가져왔습니다."

그때 우리 교회 표어는 '내 한 몸 벽돌되어 성전을 건축하자' 였다. 당장 '내 정성 벽돌되어 성전을 건축하자' 로 표어를 바꿨다. 교인들의 희생이 무서워서였다. 성도들은 아낌없는 헌신으로 성전을 건축했고 교회는 성민이에게 장학금을 주었다. 대학을 졸업하고 신학교 입시를 준비하던 중에 재발된 다리의 고통으로 다리뼈를 절단하는 수술을 하고 인공다리를 만든다고 교인들에게 광고했더니 많은 액수의 헌금을 해주었다. 그 헌금으로 수술하고 영구다리를 완전하게 만들었다.

"우리가 선을 행하되 낙심하지 말지니 포기하지 아니하면 때가 이르매 거두리라" (갈 6:9)

그가 25년 전에 드린 봉헌은 가장 어려울 때, 하나님은 열 배로 갚아주셨다.

고속도로 휴게소에서 생긴 일

광주에서 집회를 마치고 밤에 아내와 동석하고 기사 집사님께 운전을 맡겼다. 나는 피곤해서 눈 붙일 테니 형편껏 쉬어가라고 했다. 나는 잠든 채 어렴풋이 휴게소에서 차가 멈추는 것을 느꼈다. 기사 집사님이 먼저 화장실을 다녀온 뒤 목적지 안산을 향해 출발했다. 휴게소를 출발한지 3분 정도 지나서 이상한 생각이 들어 잠에서 깨어 옆자리를 보니 아내가 없었다.

갓길에 차를 세우고 아내를 찾으니 화장실에 간 아내를 휴게소에 남겨두고 출발한 것이다. 휴대폰도, 겉옷도, 가방도 모두 차에 놓고 밤 11시경 한가한 휴게소에서 아내가 얼마나 당황하고 있을 것을 생각하니 그렇게 난감할 수가 없었다. 비상 라이트를 켜고 갓길로 후진해서 발 구르고 서있는 아내를 무사히 태우고 집으로 왔다. 기사 집사님노 황당했는지 아무 말이 없었다.

그러나 우리는 잠든 나를 3분 만에 주님이 깨워주신 은혜에 감사했다. 99마리 양보다 잃어버린 한 마리 양이 더 소중하다는 주님 말씀을 비로소 실감했다. 밤길이나 위험한 길은 모두 깨어 있어야 할 일이다. 누구는 운전하고 누구는 자다 보면 작은 무관심으로 오늘 같은 사건이 생길 수 있다는 것을 깨닫게 해줘서 오히려 고맙다.

어느 처녀의 성전건축

'안산제일교회에 건축헌금으로 드려라' 는 꿈을 꾸고 일어난 교회학교 선생님이 공단사무실에서 근무하며 10년간을 모은 결혼 혼수비용으로 저축한 적금을 만기일인 다음날에 찾아서 하나님께 건축헌금으로 모두 드렸다.

당시에 노처녀였던 그 선생님의 결혼을 위해 많이 노력했으나 32살이 넘도록 적합한 상대는 나타나지 않았다. 성전이 완공되는 것을 보고서 그 선생님도 서울로 이사를 가게 되어 우리는 헤어졌다.

10여 년의 세월이 지난 어느 주일날, 그 여선생님은 건실한 남편과 아이 둘을 데리고 함께 예배드린 후 인사차 내 방에 들렀다. 안부를 물었더니, 교회를 떠나 이사를 간 후 한참 늦게 결혼으나 남편은 대학병원 원무과장이고, 아이 둘은 건강하게 주안에서 잘 자라고, 집도 장만하고, 남편이 안수집사의 직분도 받았다고 기뻐했다. 혼수는 어떻게 해갔느냐 물었더니, 남편 될 사람에게 혼수비용은 건축헌금으로 바쳤기에 간단하게 준비하겠다고 했더니 그러면 혼수는 아무것도 준비하지 말고 그냥 오라고 해서 간단히 준비해 갔다고 하면서 우리는 "남편과 아내로 서로 만남이 축복입니다"라고 했다. 남편은 "이런 아내를 하나님이 준비해 주신 것에 늘 감사해요"라며 감사의 고백을 했다.

김 집사님의 출세

초등학교를 졸업하고 무작정 서울로 상경한 어린 소녀가 안 해본 일 없이 피눈물 나게 고생하며 돈을 벌어 저축하여 착한 남자를 만나서 3남매를 두고 식당을 경영했다. "주일이 되면 식당 문을 닫고 하나님께 예배드리고 식사는 한정 판매하자. 직업의 종이 아니라 인간답게 여유를 갖고 살자. 종업원도 그렇게 살도록 하자"라고 정하여 그 나라와 그 의를 먼저 구하라는 말씀대로 살았다.

당시 여전도회 회원이 천여 명 되는 교회에서 일류대학과 모든 인격을 갖춘 사람들과 경쟁해서 당당하게 초등학교를 졸업한 김 집사님이 총회장으로 당선되었다. 너무 감사해서 눈물이 나왔다. 집에 돌아와 자기 방에 들어가 불을 끄고 이불을 뒤집어쓰고서 "하나님 섬긴 것이 예수 믿고 출세했습니다. 내가 오늘 여전도회 총회장이 되었습니다"라고 감사했다. 이것이 하나님이 주신 직분에 대한 김 집사님의 감격이다. 하나님의 일은 직위나 신앙 연륜이나 배경으로는 결코 할 수 없다.

동물은 본능으로 살고 맹수는 야성으로 생존하듯 크리스천은 오직 감사의 영성과 감격의 영성으로 만이 우리의 목숨과 물질과 생명까지 드려 감당케 하는 것이다.

첫 월급의 선물

남편이 병들어 실직하고 지하 셋방으로 전전하며 박 집사님이 생계를 꾸려 나가던 시절, 두 딸이 초등학교를 다닐 때 새 옷 한 벌 제때에 사줄 형편이 안 되었다. 넉넉히 살던 언니 집에 가서 조카들이 안 입는 옷을 챙겨서 깨끗이 빨아 입혀주었다. 가난한 것 내색하지 않고, 헌 옷을 갖다 입힌 엄마에게 투정 한 번 하지 않고, 아빠의 병 수발하며, 식사도 차려 드리고, 설거지도 마다 않고 착하게 자란 눈물이요 기쁨인 두 딸이 대학을 나와 큰 딸은 간호사로 취직하고, 둘째 딸은 초등학교 교사로 임용되었다.

두 딸이 첫 월급 받던 날 큰딸은 고운 원피스 한 벌과 둘째딸은 속옷을 세트로 사왔다. 박 집사님은 문을 닫고 방에 들어가 딸들이 사다준 옷을 품에 안고 엉엉 울었다. '엄마는 감수성이 가장 예민한 그 나이 때, 너희들에게 한 번도 변변하게 새 옷을 사다 입히지 못했는데, 너희들은 나를 위해 새 옷을 사왔구나….'

"울며 씨를 뿌리러 나가는 자는 반드시 기쁨으로 그 곡식 단을 가지고 돌아오리로다"(시 126:6). 가난은 죄도 아니고 불행도 아니다. 가난은 약간의 불편을 주나 성공과 승리를 가져다주는 하나님의 은총이다.

진돗개의 충성

　31살의 김 집사님은 딸 셋을 남기고 천국으로 간 남편으로 인해 청상과부가 되었다. 살아 나가야겠다는 믿음과 의지로 농사일이며, 갯벌일이며, 노점장사며 닥치는 대로 억척으로 일했다. 큰딸은 음악을 전공해서 음악학원을 경영하고, 둘째딸은 초등학교 교사로 임용되어 아이들을 가르치고, 막내 또한 음악을 전공해서 교회 반주자로 봉사를 한다. 김 집사님은 권사가 되어 교회의 어머니가 되었고, 딸들은 모두 진도에서 고향 교회를 돕고 있다.

　이렇게 되기까지는 하나님의 축복이 있었다. 그러나 진돗개의 충성 때문이기도 하다. 집에서 기르던 진돗개가 김 집사님이 새벽기도를 갈 때는 항상 앞장서서 동행해주었고, 새벽기도가 끝나면 기다렸다가 집까지 호위해 주고, 밤이면 잠들지 않고 대를 이어가며 15년의 세월을 한결같이 지켜주었다. 철철이 새끼를 낳아 아이들 학비도 보태고 교회 헌금도 하게 했다. 사람들은 모두 김 집사님의 진돗개를 보고 사람보다 더 많이 헌금하는 개라고 부른다. 진돗개가 아니었다면 울타리도 없는 섬마을에서 31살의 청상을 어찌 지켰겠는가?

함 집사님의 변화

함 집사님을 주변 사람들이 전과 18범의 집사라고 부른다. 그는 조폭이었다. 주먹하나로 젊음을 살아온 사람이다. 아내까지 구타해서 가출하게 했다. 그러나 교도소에서 전도를 받고 사람이 바뀌었다. 새벽 3시부터 "돌아와 돌아와 집을 나간자여…" 하며 아내가 돌아오기를 기도하고 찬송하기를 한 달이 지났다.

"목사님, 하나님은 왜 저의 기도를 안 들어줍니까?"

"지금도 술을 마십니까?"

"해장술을 6잔씩 합니다."

"그것을 끊으십시오."

함 집사님은 바로 술을 끊었다. 10일 동안 기도한 후 그래도 응답이 없다고 했다.

"지금도 담배를 피우십니까?"

"네, 하루에 4갑씩 피웁니다."

"그럼, 그것도 끊으십시오."

함 집사님은 담배를 바로 끊었고 10일 동안 기도했더니 가출한 아내가 조건 없이 회개하고 돌아왔다. 지금은 교회 집사요, 천여 마리의 돼지 농장주요, 진돗개 감별사로 근무하고 있다.

다섯 명 모이던 시골교회는 그가 들어와 전도한 후, 70여 명의 자립교회가 되었다. 전도 대상자도 다방 종사자와 술집 종사자들이 많다. 교회 일할 때도 "목사님, 돈이 얼마나 있으면 됩니까?", "4천만 원

필요합니다"라고 하면 말이 떨어지기 무섭게 100만 원 권 수표를 먼
저 가지고 와서 일단 내놓고 "우리 교인 40가정이 각 100만 원씩 드
리면 4천만 원 됩니다"라고 한다. 이것이 변화된 조폭의 신앙이다.

김 장로님의 새벽기도

　　김 장로님은 장로임직을 받고 처음으로 주일예배 공중기도 순서를 맡아 강단에 올라왔는데, 담임목사님이 죄송하지만 정장을 안 입으셔서 정장하신 장로님과 기도 순서를 바꿨다면서 내려가라고 했다. 강단에서 내려와 맨 뒷자리에 앉아 엎드려 눈물로 기도했다. 9남매 자식들을 농사를 지어 가르치다 보니 양복 한 벌 마련하지 못해 대표기도도 못한 것이다. "하나님, 내 자식들에게 만은 이 가난을 물려주지 않게 하소서"라고 기도했다. 그 후 추운 겨울 새벽기도를 가다가 강물에 빠졌어도 집에 돌아와 옷을 갈아입고 교회에 나가 새벽기도를 계속했다.

　　김 장로님은 9남매를 통해 104명의 예수를 잘 믿는 후손을 두었다. 매년 1월 1일에는 온 식구가 모여 예배를 드린 후 하나님께 받은 은사대로 영광을 돌리고 성경을 가장 많이 읽은 가족에게 가족상을 준다. 양복 한 벌이 없어서 대표기도를 하지 못한 장로님이 고 김응선 장로님이다. 큰아들은 매산고등학교 교장, 둘째는 육군대령으로 전역했고, 셋째는 대기업 건축사장, 넷째는 국회의원, 다섯째는 국정원장을 지냈다. 4명의 딸들은 사위와 함께 교회의 중직자들이다. 그토록 가난한 장로 밑에서 새벽기도로 성장한 9남매의 자녀 104명의 후손이 한국의 청교도 가문을 이루었다.

인생보기

코미디 작가가 인생을 상품으로 보고 쓴 글이다.

"10대는 신상품, 20대는 명품, 30대는 정품, 40대는 기획상품 (10%), 50대는 바겐세일품, 60대는 창고 반출품, 70대는 분리수거품, 80대는 폐기품, 90대는 소각품이다."

예수 없는 인생이란 90살을 살아도 화장장에서 육신은 소각되고 영혼은 지옥으로 갈 수밖에 없는 존재이다. 그러나 나는 그리스도 안에 있는 인간을 또 다른 상품으로 본 인간의 가치를 이렇게 반박한다.

"10대는 신상품, 20대는 명품, 30대는 정품, 40대는 완제품, 50대는 주상품, 60대는 값을 매길 수 없는 비매품, 70대는 보존품, 80대는 값을 매길 수 없는 희귀품, 90대는 최고의 값인 골동품이다."

"겉사람은 낡아지나 우리의 속사람은 날로 새로워지도다"(고후 4:16). 이것이 우리 크리스천의 가치다. 90대의 원로 목사님, 장로님들, 성도님들이 이 땅에 살아있기만 주어도 우리는 그 신앙을 바라보며 주님의 뒤를 따라 갈 수 있다. 그러나 "너희 생명이 무엇이냐 너희는 잠깐 보이다가 없어지는 안개"(약 4:14)이다. 세상은, 예수 밖의 인생은 안개로 끝나지만 우리는 새로운 세계로 간다.

교통사고 (1)

우리 교회 앞의 T자 도로에서 차를 우회전하여 나가려던 중에 중국음식점 배달원이 오토바이를 타고 과속으로 뛰어들어 내 차를 받고서 옆으로 나뒹굴어졌다. 내가 급히 브레이크를 밟는다고 밟았으나 배달원은 발 인대가 끊어지는 사고를 당했다. 병원에 가서 진단을 받으니 다른 곳은 아무 이상이 없고 3개월간 입원과 통원치료를 받아야 한다고 했다. 더욱 그 배달원은 우리 교회의 등록교인이었다.

우선 교통 법규상 내 잘못은 하나도 없었다. 속도를 위반한 것도 아니고 내가 우선권으로 우회전 한 것이다. 모든 잘못은 배달원에게 있었다. 그러나 상대가 우리 교인인지라 그렇게 말할 수 없었고, 교회에도 뭐라고 말할 수 없었다. 배달원은 3개월 정도 병원 치료를 받고 완전히 치료되어 서로 하나님께 감사했다. 나는 그에게 물었다.

"앞으로 무슨 일을 할 것이며, 소원이 무엇입니까?"

"저는 도시 생활을 청산하고 농촌 고향에 돌아가 농사를 짓고 싶으니, 형편이 되시면 정착할 정착금을 좀 도와주시면 감사하겠습니다."

나는 나의 사례비를 모아 정착금으로 주고 석 달 치료비와 월급을 준비해서 보상해 주었다.

목사가 가난한 사람 구제도 하는데 내 차에 친 우리 교인을 돕는데 무엇이 아깝겠느냐는 생각과 큰 사고가 아닌 것만으로도 감사했다. 주님은 그런 방법으로도 가난한 교인을 구제한다.

교통사고 (2)

K목사님은 개척교회 시절에 중고 소형차를 타고 기도하며 운전하다 사거리에서 붉은 신호가 들어온 것을 보지 못하고 직진하다 벤츠 승용차를 받아버렸다. 벤츠 차는 조수석의 문짝이 부서지고 목사님의 차는 차체가 폐차될 정도로 다 부서졌다. 상대 차에서 잘 차려입은 신사가 나오고, 부서진 소형차에서 목사가 나와 서로 몸은 괜찮으냐고 물었다. 목사님은 정중하게 사과를 했다.

"죄송합니다. 저는 목사인데 기도를 하며 운전을 하다가 붉은 신호가 들어 온 것을 보지 못하고 사고 냈습니다. 모든 잘못은 제게 있으니 보험으로 처리하고 어떤 조건을 요구해도 수용하겠습니다."

"목사님이 잘못을 인정하시니 고맙습니다. 목사님께서 제 차의 문짝 부서진 것만 보험으로 고쳐주십시오. 그리고 주소를 알려주십시오."

목사님은 너무 고마워 명함을 주고 예수 믿으라고 했다. 상대는 웃었다.

그런데 아무리 시간이 지나도 보험 청구서가 오지 않았다. 대신 중형 새 자동차 한대가 교회로 배달되어 왔다. 거기에는 이런 편지가 적혀 있었다.

"목사님, 저는 지난번 목사님 차와 사고를 만난 ○○○ 집사입니다. 나는 큰 회사를 경영하는 대표인데, 목사님 차가 내차를 부서지게 한 것이 속이 상했으나 가난한 목사님을 보고 마음이 더 아팠습니

다. 제가 주의 이름으로 사드린 것이니 앞으로는 눈감고 기도하면서
운전하지 마십시오. 내 차는 내가 고쳤습니다."

교통사고 (3)

시골교회를 섬기는 K목사님은 교통사고를 만난 후 목이 움직이지 않는 장애를 입었다. 그런 몸으로 봉고차를 운전하며 먼 곳에 사는 교인들을 데려와서 예배드린 후 다시 데려다 주면서 25년 동안 농촌교회를 지켜왔다. 어느 날 주일예배가 끝난 후 교인들을 태우고 가다 정신장애가 있는 10살 된 무당의 손녀딸이 갑자기 차에 뛰어 드는 바람에 사고를 냈다. 무당 집에서는 난리가 났다. 무당 가족들은 말할 것 없고 동네 사람들과 교인들에게까지 모든 비난을 목사님이 받아야 했다. 장애가 있는 몸으로 목사가 무슨 운전을 한다고… 하는 비난이었다.

기도 외에는 다른 방법이 없었다. 성전에 가서 집으로 돌아오지 않고 엎드려 기도했다. 아이가 머리를 심하게 다쳤는데, 더 큰 장애인이 되지 않도록 해달라는 것과 수천만 원의 합의금을 하나님이 준비해 주시라는 기도였다. 병원에 입원한 아이는 넉 달 만에 퇴원을 했다. 그런데 무당 할머니가 합의금을 받지 않겠다는 것이다. 왜냐하면 정신 장애자인 아이가 교통사고 후 정신이 온전히 돌아왔기 때문이었다. 그 아이에게 전도가 된 것은 물론이고 친구들이 보상금으로 쓰라고 가져다 준 위로금은 교육관을 건축하는데 쓰였다. 그리고 그 후로부터 지금까지 성전을 떠나지 못하고 밤마다 성전기도를 계속하며 목회를 하고 있다.

중등부의 승리

　　중등부 1학년생인 슬기는 성가대에서 봉사하며 교회를 섬기는 아이다. 학교 5층에서 실족하여 시멘트 바닥으로 떨어져 엉덩이뼈가 유리조각처럼 부서지고, 심장과 신장과 그 외 내부 장기들이 파열되고 뒤틀어진 상태로 중환자실에 입원했다.

　　5분 간격으로 수혈이 필요해 800여 명의 중등부 아이들이 헌혈을 하고 헌혈증을 내놓았다. 뼛속에서까지 솟아나는 피를 감당하기 위해서다. 중등부는 담당목사가 같이 특별기도회에 들어가 릴레이 기도를 했다. 부모님들이 믿지 않았기에 온 교회는 오목렌즈 기도에 집중했다. 4개월 후 머리카락 하나 이상 없이 퇴원한 슬기는 어머니를 전도해서 손잡고 교회에 나왔다. 어떤 상황에서도 기도만이 절망의 희망이다.

삼십억을 미음 한 수저로

박 집사님은 30억 자본 규모의 중소기업을 경영하고 있다. 모든 것이 형통하던 그가 췌장암 말기 진단을 받고 수술 후 방사선 항암치료를 받던 중 너무 고통스러워 병원치료를 더 받을 수 없을 만큼 체력이 약화되고 면역력이 저하되어 미음 한 수저도 입으로 넘기기 어려운 지경에 하나님의 음성을 들을 수 있었다.

"나는 네가 생명같이 아끼던 30억 재산을 미음 한 수저로 바꿀 수 있다."

그 말씀을 듣고 박 집사님은 회개했다. 십일조를 드리지 못한 것, 감사하지 못했던 것, 하나님보다 재물을 더 사랑했던 것을 피눈물로 회개하며 고백했다.

"당신이 지금은 미음 한 수저로 사는 나에게 아무거나 먹어도 살 수 있는 건강과 기적을 줄 수 있습니다."

그 후 건강을 회복하고 겸손히 하나님을 잘 섬기고 있다.

전도헌금

필자의 교회는 해마다 가을 추수전도를 한다. 불신자를 초청해서 결신시키고 영혼을 구원하는 총력전도 축제이다. 금년에도 온 교우들이 열심히 불신자들을 초청했는데, 서리집사님 부부가 전도감사헌금 1천만 원을 드리며 전도했다.

"하나님, 우리 아버지 ○ ○ ○ 영혼을 이번 전도주일에 구원하여 주시옵소서."

월급 생활하는 중산층 40대 부부다. 그렇게 어렵지도 않고 넉넉지도 않는 생활에 조금씩이라도 저축하며 살 수 있는 축복을 주신 하나님께 항상 감사하며 살고 있었으나 아버지의 영혼을 아직 구원하지 못한 것이 한이 되고 아픔이 되어 이 큰 헌금을 하나님께 드리면서 아버지의 영혼을 구원해 달라고 기도한 것이다.

가슴이 뭉클했다. 아버지의 영혼 구원을 위해 거액을 하나님께 드리는 순수하고 큰 믿음, 영혼을 사랑하는 애절함을 가진 이런 교인이 우리 교인이란 것이 행복했고, 죄송했고, 감사했다. 영혼은 천하의 재물로도 그 무엇으로도 살 수 없다. 오직 예수의 피 공로와 은혜로밖에 안 된다. 그러나 값 주고 살 수 없는 영혼을 구원해 달라고 하나님께 가장 값진 재물을 드릴 수는 있다.

건축헌금

"목사님, 교회를 건축한다는 광고를 듣고 제가 제일 먼저 드리고 싶었습니다. 1억 원을 주님께 드립니다. 목사님, 저는 문제의 외아들(체중 100kg의 비만, 예수반대, 전도거부, 컴퓨터 중독환자)이 대학에 겨우 들어갔으나 휴학하고 공익근무 준비 중입니다. 나의 아들은 그래도 나의 눈물이며, 나의 기도제목이고, 나의 신앙의 의미이며, 나의 희망이고, 십자가이며, 나의 겸손입니다. 사업하는 내 남편의 구원을 위해 20년을 기도하고 있지만, 아직도 주님께 돌아오지 않고 있습니다. 그런데 남편의 법무사 사업은 IMF 때도 불황을 모르게 하나님이 축복하셨습니다. 남편이 무슨 사업이든지 손을 대면 항상 성공합니다. 내가 남편에게 건축헌금을 하자고 했더니 그것은 하나님의 몫이니까 당신이 하고 싶은 대로 하라고 하여 1억 원을 드리는 것입니다."

하나님의 은혜는 아직 측량할 수 없다. 우리 교인 중 권 집사님은 불신앙의 외아들로 온 교인이 다 아는 고통의 어머니다. 남편마저 믿지 않아 아침마다 교회에서 눈물로 기도드리는 우리 교회의 모니카이다. 그러나 물질축복은 넉넉히 쉬지 않고 하나님이 주셔서 큰 헌금을 드리게 한 하나님을 찬양한다.

크리스마스의 선물

다섯 살 용석이는 선천성 심장판막증을 갖고 태어난 아이다. 다른 아이들이 공놀이 할 때 언제나 새파란 입술로 집 앞 공원 벤치에 외로이 앉아 구경만 해야 했다. 용석이 집에 심방가면 앞장서서 자기가 사는 아파트 1층으로 안내한다. 다섯 계단만 오르면 1층 현관에 다다르는데, 그것도 힘든지 다섯 번째 계단에 주저앉아 숨을 몰아쉬며 손짓으로 "목사님, 먼저 우리 집에 들어가세요. 나는 여기서 쉬었다 들어갈게요" 한다. 내 가슴에서 눈물이 울컥 솟는다. 20m를 걷기도, 다섯 계단을 오르기도 힘이 드는구나! "주여, 우리 용석이 심장판막증 치유 받게 하소서"라고 기도하고, 크리스마스 선물로 커다란 축구공을 가슴에 안겨주었다.

"용석아, 하나님이 네 병 고쳐주시면 친구들과 같이 공놀이해라."

그 다음해 봄, 용석이는 심장판막을 수술하고 건강을 찾았다.

지금은 25세 우람한 청년으로 성장해서 호주에서 공부하고 있다. 특별히 축구를 좋아한 까닭은 유아시절 희망을 잃지 말라고 내가 준 축구공 선물 때문이 아닐지….

예수님 때문에 예수님 덕분에

우리 부부는 30년 전, 12월 23일 교회에서 결혼식을 올렸다. 그때 나는 신학생 전도사로 시골의 작은 교회를 섬기고 있는 때라 도시에 소재한 스승의 교회를 빌려 그 교회 청년이 결혼식을 끝내고 난 후 오후 늦은 시간에 결혼식으로 꾸며놓은 결혼장식을 이용해 식장을 꾸미는 경비를 절약하며 결혼식을 은혜로 잘 마쳤다. 다음날이 크리스마스였으므로 신혼여행은 주님께 선물하고 단칸방 시골교회 사택에서 홀어머니를 모시느라 신혼의 밤도 없이 성탄절을 교인들과 보냈다.

당시 나는 결핵 3기로 몹시 앓고 난 후였고, 나았는지도 모르는 몸으로 결혼반지 하나도 못해주었기에 평생 미안했다. 그 후 오늘까지 나는 어디를 가든지 아내와 항상 동행한다. 남의 집 귀한 딸 데려와서 신혼여행도 못가고 첫날밤도 보내지 못하고 결혼반지도 못해준 것이 죄가 되어서이다. 그때 우리는 예수님 때문에 신혼여행을 포기했다. 그리고 그 후 예수님 덕분에 신혼여행을 세계 여러 곳을 가게 하셨다. 크리스마스는 예수님 때문에 나사렛의 마리아와 요셉이 결혼하고도 일 년을 금침 했으나 그 예수님 덕분에 가장 위대한 성가정을 이루었듯이….

두 가지 인사

해남, 진도 지역 연합성회를 인도하러 갔을 때의 일이다. 허물없는 선배목사님과 함께 식탁에 앉아 오랜만에 인사를 나누었다.

"고 목사, 암병과 죽기로 싸웠다더니 얼굴이 바싹 찌그러졌구나."

긍휼이 넘치는 허물이 없는 인사다.

"양은냄비처럼 바싹 찌그러졌지요."

나는 여유 있게 웃으며 사실을 사실대로 인정하며 선배목사님을 기쁘게 해드렸다.

성회가 끝난 후 만난 후배목사가 내 손을 잡고 인사했다.

"목사님은 하나님이 함께한 분이십니다. 그러지 않았다면 그 말기암에서 살아날 수 없었습니다. 목사님의 설교는 사선을 넘어온 사람의 살아있는 메시지였습니다."

"아멘."

나는 또 여유 있게 웃으며 후배목사의 축복된 인사를 축복으로 받았다.

우리는 931번의 외침을 받은 민족이고, 가난한 보릿고개를 넘느라 인사가 "그동안 별고 없었느냐? 밥 먹었느냐? 밤새 안녕 했느냐?"였다. 크리스마스 이후 "은혜 받은 자여 평안하라, 주께서 함께 계시도다" 천사가 이 땅의 모든 마리아에게 준 인사다. 우리 기독교인의 인사는 새 방언으로 인사해야 한다. "주안에서 평안하냐?" "주와 같이 하는 일이니 잘될 것이다." "주님과 같이 다녀오라" 해야 한다.

good morning은 원래 God morning 하나님이 계신 아침이다. 사람에
게 한 인사가 아니다. 주님께도 good bye는 God bye 주님과 함께 가
는 안녕이다.

축복의 통로

도시의 중심가에서 식당을 경영하는 최 집사님이 새해를 맞아 새롭게 결단하고 30여 년 동안 쉬지 않고 열어왔던 식당을 주일날이 되자 문을 닫았다.

"목사님, 우리 집도 이제부터 '주일은 쉽니다' 라는 표를 달고 이제야 '나와 내 집은 여호와만 섬기는 집' 이란 신앙고백을 할 수 있어서 너무 기쁩니다. 지난 주 종업원 10명을 모두 전도하여 교회에 등록시켜 영혼을 구원한 후 주일날 예배 보는 것으로 그날 근무일로 대체시켜 주었습니다. 종업원들이 얼마나 감사하고 기뻐한지요. 지난 주 목사님께서 '주일을 지키자' 라는 설교 내용 중 두 가지가 내 가슴에 꽂혔습니다. 하나는 우리의 이 땅에서 삶은 복 받아 잘사는 것만이 아니라 잘 믿는 것이라 했습니다. 또 하나는 믿는 사람이 주일날 가게 문을 닫게 되면 안 믿는 사람이 장사해서 돈을 벌게 될 때 믿는 사람은 그 안 믿는 사람에게 복의 근원이 된다고 하셨습니다. 주일날 가게 문을 닫으면 나는 예수 잘 믿어 복이고, 안 믿는 사람은 나대신 가게 장사가 잘돼 복의 근원되어 감사하라 했습니다."

어머니, 감사해요

피난 와서 교회를 개척하고 섬기던 김 권사님 회갑예배 때 큰딸의 감사인사는 많은 교인을 울렸다. 큰 딸은 고등학교를 졸업하고 20세 나이로 화장품 회사에 취직해서 월급봉투를 꼬박꼬박 어머니에게 드렸는데, 첫 월급은 첫 열매라며 봉투째 하나님께 다 드리고, 또한 달마다 십일조와 감사헌금, 건축헌금을 드렸다. 딸과 의논 한마디 없이 월급관리를 권사님인 어머니가 임의대로 한 것이었다.

딸은 당시 롱코트가 입고 싶어 어머니께 롱코트를 하나 사달라고 여러 번 부탁했더니, "교회가 성전을 건축해야 하는데 무슨 롱코트냐. 그 나라와 그 의를 먼저 구하면 그런 것 구하지 않아도 주신다"라며 하나님께 드리는 데만 열심이었다. 딸은 너무 섭섭해서 결국은 시험에 들고 말았다.

그 후 그 딸은 하나님이 보낸 좋은 믿음의 남편을 만나 결혼을 했고, 어머니의 회갑예배를 드릴 때 "어머니, 고맙습니다" 하며 울며 간증을 쏟았다.

"나를 롱코트의 딸로 키우시지 않으시고 기도의 딸, 믿음의 딸로 키워주신 덕분에 지금 우리 집에 밍크코트, 무스탕코트, 롱코트, 짧은 코트 등 다른 옷도 셀 수 없이 많아요. 이 많은 코트를 보니 그때 어머니가 하나님께 바쳐 버린 신앙 감사합니다."

스승과 제자

　40년 전 결핵으로 시골에서 요양하던 나는 고향 교회를 출석하며 중등부 교회학교 교사로 남은 시간을 봉사했다. 학생은 모두 9명 정도였다. 열심히 신앙에 눈뜨며 따라오는 어린 제자들이 기특하고 고마워 그때 내게 있는 문학과 신앙과 사랑과 비전을 피 토하듯 쏟아 부어 주었다. 도시로 나가 고등학교에 진학한 그 아이들이 선생님의 치료비로 쓰라며 돈을 보내왔다. 일 년 동안 병원치료와 약값으로 쓰기에 충분한 큰 액수였다. 부모님에게 수학여행 경비를 받아 수학여행을 포기하고 돈을 모아서 보낸 어린 제자들의 피 같은 돈이었다.

　가슴이 터질 것 같은 감격으로 당장 답장을 보냈다.

　"선생님은 너희들이 보낸 돈이 아닌 그 갸륵한 사랑으로 오늘 고침을 받았다. 그 사랑은 받을 수 있어도 돈은 받을 수 없구나. 서둘러 수학여행 다녀오기 바란다."

　그러나 시간이 너무 늦어 그 제자들은 한사람도 일생에 한번 있는 고등학교 수학여행을 가지 못했다. 그 사랑으로 나는 오늘까지 건강을 회복하고 목회자가 되었다.

조 집사님의 승천

70세의 과부 조 집사님이 중풍으로 쓰러졌다. 모든 예배 출석에 모범이었던 조 집사님은 주님의 은혜로 건강은 다시 회복되었으나 새벽기도에는 출석하기 어렵게 되자, 새벽에 교회 종소리가 울리면 그 시간에 맞추어 집에서 혼자 기도의 제단을 쌓았다. 어느 날 아침 군복무를 마치고 돌아온 손자에게 오는 총동원 주일부터 교회에 나가 예수 믿기로 다짐을 받고 기도하시다 무릎 꿇고 손 모으고 기도하는 모습 그대로 영혼이 떠나가셨다.

작금에 세상 사람들은 9988234(99세까지 팔팔하게 살다 이삼일 아프다 죽자)를 좋아한다. 또한 일십백천만 운동(하루에 열 사람 만나고 백자 쓰고 천자 읽고 만 보를 걷자는 운동)을 좋아한다. 그러나 우리 기독교인은 9988119(99세까지 팔팔하게 하늘에 도움 요청기도 하고 남을 구원하는 119로 살자)로 살며, 일십백천반(오늘 하루를 마지막 날로 삼고, 열 번 기도하고 찬송하고, 백 번 감사하고, 천 번 주님 생각하고, 복음의 신 신고 만나는 사람에게 전도하고 가자)을 제안한다. 조 집사님은 이런 삶을 살다간 아주 귀한 우리 교회의 기념비적인 평신도였다.

예수 믿는가?

과실 치사라고밖에 말할 수 없는 큰 죄로 정 씨는 사형을 받고 독방 수인생활을 하던 중에 예수를 영접했다. "예수 믿느냐"는 재판관의 질문에 "네"라고 대답했기에 사형수에서 무기수로, 무기수에서 장기수로 복역하며 우리교회 여집사와 8년 동안 사귀다 옥중결혼을 했다. 복역 17년 만에 특별사면을 받아 출옥해서 자유를 찾았고, 부부집사로 임명받아 이삭장애인 선교회를 자비량으로 운영하며 장애인들을 섬기고 있다.

여자 집사님은 초등학교를 4년을 다니다 중퇴한 두 다리를 쓰지 못하는 지체 장애인이다. 남자 집사님은 비록 사형수였으나 유학까지 다녀온 대학종합병원 치과과장까지 지낸 의사였다. 17년을 기다리며 사랑해준 장애인인 아내를 위해 남은 생애를 다 바치겠다고 생활비와 가정생활, 의식주생활에 아내의 손발이 되어 섬기며 모든 성도들이 보기에 가장 모범적으로 남편의 역할을 하고 있다.

예수님도 보기 위해, 죽었다 살아난 나사로도 보기 위해 많은 사람이 베다니에 왔던 것처럼(요12:9) 예수도 믿고, 장애인과 치과의사 사형수의 부부를 보려고 많은 사람들이 특히 장애인들이 교회에 많이 찾아오고 있다.

농촌교회 목사의 아들

20~30여 명의 성도들이 모이는 농촌 교회를 섬기는 목사님이 두 아들을 키웠다. 착하게 잘 자란 두 아들은 목회하는 부모님의 걱정을 끼쳐드리지 않으려고 몇 가지 원칙을 세워 공부했다. 그중에 장학생이 되어야 한다는 것과 집에서 통학하며 다닐 수 있는 학교를 선택해야 한다는 것이다. 두 아들은 열심히 공부해서 장학금을 받고, 아르바이트를 하며, 집에서 통학해서 중고등학교와 대학까지 마쳤다. 큰아들은 복지를 전공해서 복지사로 직장을 잡았고, 둘째아들은 한의과 대학을 졸업해서 한의사가 되어 도시에 병원을 개원했다. 병원은 하나님의 축복가운데 잘 운영되었다.

제일 먼저 한 일은 최고급 승용차를 구입해서 목사인 아버지께 선물하고 아버지가 타고 다닌 중고 소형차는 자신이 타고 다니겠다며 아버지께 "아버지, 아버지시니까 좋은 차를 타셔야 하고 가난 속에서도 농촌 교회를 지켰으니 이제 좋은 차를 타 보셔야합니다" 하고 차를 바꿔주고 갔다.

지금은 150여 명 모이는 부흥하는 교회가 되었다. 예수도 보고, 나사로도 본다(요 12:9) 하더니 예수 믿고 훌륭한 아들을 키운 목사님도 보고, 자동차를 바꿔 타는 훌륭한 목사아들도 보고, 자동차도 보려고(?) 전도가 되고 있다고 한다.

장애인의 장애인과 함께

두 눈이 멀고 두 손마저 없는 장애인인 전도사가 수려한 미모와 좋은 가문과 인류대학을 막 졸업한 꿈도 많고 신앙이 좋은 자매에게 프러포즈를 했다.

"자매는 내게 없는 모든 것 다 갖고 있으니 두 눈으로 내 눈이 되어 주고, 두 팔로 내 팔이 되어 주고, 지식으로 내 지식 되어주어 함께 주의 종의 길을 가지 않겠습니까?"

이 말을 들은 자매는 대답도 안 하고 속상하고 불쾌해서 그 길로 도망쳐 집에 와서 울었다. 그러나 시간이 갈수록 그 청혼을 거절하는 것은 주님을 버리는 것 같은 성령의 채근 때문에 부모와 측근의 무서운 반대에도 불구하고 결혼을 했다. 두 손이 없는 시각장애인은 장애인의 장애인이다. 실로 사모의 길은 피눈물이 나는 가시밭길이었다. 그러나 단 한 번도 괴롭지 않은 것은 그녀가 주님을 따라가고 있다는 믿음과 희생의 보람과 사역의 열매 때문이었다.

목회 30년, 결혼 30년, 두 자녀는 크게 성장했고 천여 명이 출석하는 영등포 삼보교회 담임목회자로 김포 장애인복지시설 이사장으로 건강한 사람도 못해낼 엄청난 사역을 하고 계신 두 분은 박창윤 목사님과 최미숙 사모님이다. 크리스천의 결혼은 나를 위해서가 아니라 상대의 행복을 위해서, 내 유익을 위해서가 아니라 주님의 뜻을 이루기 위한 십자가였을 때에만 이토록 고생 속에서 행복을 은총으로 받을 수 있다.

한쪽 간으로 아버지 영혼을

효상이는 가난한 환경 속에서도 알코올 중독자인 아버지와 직장에 나가 생활을 책임지는 어머니와 함께 사는 우리 교회 고등부 모범생이다. 아버지가 간경변증 선고를 받고 입원했다. 아버지가 살아날 수 있는 길은 간이식 수술을 받는 길 하나뿐이었다. 백방으로 노력했으나 간을 기증하겠다는 사람은 없었다. 겨우 고등학교 1년생인 효상이가 정밀검사 결과 의학적으로 모든 기증조건이 100% 일치했다.

학교를 휴학하고 수술대 위에 오르며 기도했다.

"주님, 아버지는 예수님을 모릅니다. 그토록 전도했으나 아버지의 영혼을 구원하지 못했습니다. 제가 드린 이 간 한쪽을 하나님이 받으시고 술만 드시면 어머니와 나를 구타하고 예수님을 핍박하는 내 아버지의 영혼을 구원해 주십시오."

수술결과는 좋았고 아버지의 영혼도 구원받았다. 수천만 원의 병원비는 교회가 부담해 주었다. 지금은 대학생이 되어 건강히 공부도 잘 하고 있다. 세상에는 부모의 간을 녹이는 자식이 많다. 효상이처럼 알코올 중독자인 아버지의 영혼을 구하기 위해 자신의 간을 바치는 자식도 있다.

결혼 핍박

처녀의 아버지는 농협조합장과 면장을 지낸 지방유지로 생활이 부유했다. 총각은 키가 작았고 농가 집 한 채뿐인 찢어지게 가난한 고졸출신의 농촌 청년이었다. 있는 것이라고는 예수를 잘 믿는 것 하나뿐이었다. 처녀는 아버지께 그 청년을 소개하며 결혼하겠다고 했다. 청년의 모든 가정형편을 다 들은 아버지는 청년을 면전에서 쫓아 내었고, 오빠는 쥐약을 가지고 들어와 아버지와 함께 저런 청년과 결혼하려면 차라리 이 쥐약을 먹고 죽으라고 하며 반대했다. 더욱이나 가난한 그 청년이 신학교에 가서 주의 종이 되는 것이 꿈이라니 믿음이 없는 처녀가족으로서는 더욱 단호할 수밖에 없었을 것이다.

처녀와 청년은 하나님의 성전에 나아가 처녀의 아버지가 결혼을 허락하는 날이 하나님의 기도응답의 날로 삼고 금식, 철야, 서원기도를 했다. 어느 날 처녀 집안이 모두 예수께 돌아왔다. 지금은 쥐약을 갖고 왔던 그 오빠는 목포에서 큰 교회를 담임하고 있고, 그 키가 작은 청년은 여수에서 큰 교회인 은파교회의 고만호 목사님이다. 예수는 실로 위대하시다.

어떤 상속

우리 교회 고 집사님은 퇴직금도 받지 못하는 회사에서 정년이 아닌 조기 은퇴를 했다. 대학에 다니는 두 아들과 아내와 살아갈 길이 막막했다. 교회는 건축하겠다며 건축헌금을 작정하라고 하니… 많이 드리는 성도를 보면 부럽고 드리지 못한 자신이 부끄럽고 교회 올 때마다 부담스러웠다. 엎드려 하나님께 부르짖어 기도했다.

"하나님, 살길도 막막하지만 평생 한 번 있는 성전건축, 나도 언제 남들처럼 맘껏 드릴 수 있나요? 나를 감찰하시는 하나님, 전능하신 하나님, 저도 바칠 수 있는 축복 주십시오."

그렇게 기도 후 한 달이 지났는데, 그린벨트로 묶여진 산을 광산으로 개발하겠으니 팔라고 하는 제안이 왔다. 고 집사님은 "나는 그런 땅이 없는 사람입니다. 잘못 오셨습니다"라고 했더니, "상속자가 당신입니다"라고 했다. 사연인즉 조상들이 모두 끊어지고 자신만 혼자 남아 선대가 물려준 땅의 상속자가 된 것이다. 모든 것을 자세히 알아보니 부모가 일찍 돌아가시면서 물려준 상속이 분명했다. 상속된 땅 일부만 팔아 계약금 1억 원을 교회 건축헌금으로 드리며 고 집사님은 감사의 눈물을 가족과 함께 흘렸다.

하나님은 운행하시는 하나님이라더니 산속에 있는 돌산도 운행해서 건축헌금으로 드리게 하시는 하나님을 찬양한다.

저들을 용서하소서 (가상 칠언 중 첫 번째 말씀)

김태수 집사님이 가슴암에서 임파선으로 전이 된 몸으로 투병하고 있을 때 심방을 가서 설교를 했다.

"천국은 사람을 위하여 하나님이 예비한 곳이니 결코 죽음을 두려워하지 말고 위대한 소망을 가질 것과 이 세상은 하나님을 위한 곳이니 살아있는 동안에 무엇을 하든지 투병까지도 하나님을 위한 사명과 영광으로 살아야 한다."

구원의 확신을 갖고 살아온 김 집사님은 임종이 가깝다고 하면서 내 오른손을 잡으며 "목사님, 이 집사와 20년 전 서로 원수가 되다시피 싸우고 아직까지 화해하지 못했는데, 이 집사에게 찾아가 그의 잘못을 용서한다고 전해주고, 이 집사에게 저를 용서해 달라고 하십시오. 가뭄에 농사를 지을 때 저수지에서 내려오는 물가지고 싸우고서 화해를 못한 채 차마 하나님께 갈 수가 없어 내가 눈을 감을 수 없습니다"라고 했다.

나는 약속을 하고 이 집사님을 급히 만나 왼손을 잡고 김 집사님의 용서를 받아내고, 이 집사님의 용서를 김 집사님 대신 전해주고, 나는 십자가 손 되어 오른손으로 김 집사님 왼손을 상상으로 잡고, 왼손으로는 이 집사님의 손잡고 "이 두 사람이 20년 만에 서로 용서했으니 하나님 용서해 주십시오"라고 했더니 거의 같은 화해기도 시간쯤 김 집사님은 평안히 임종했다고 했다.

나와 함께 낙원에 있으리라 (가상 칠언 중 두 번째 말씀)

수박서리가 한참인 시절에 동네에서 고약스럽기로 소문난 할아버지의 수박밭을 청년들은 날마다 밤이면 짓궂게 습격하여 수박서리를 했다. 화가 난 할아버지가 아무리 소리치고 경고해도 청년들은 아랑곳 하지 않았다. 할아버지는 지혜를 짜서 경고문 하나를 붙여놓았다.

"이 수박밭에 있는 수박 중 한 통에는 농약이 주사되어 있음. - 주인 백"

물론 농약을 주사한 것은 아니고 경고만 한 것이다. 그런 후부터는 할아버지 수박밭에는 한동안 청년들의 발길이 끊겼다. 그런데 일주일 뒤 또 다른 경고문 하나가 붙었다.

"이 수박밭에는 수박 두 통에 농약이 주사되어 있다. 한 통은 주인이, 다른 한 통은 우리가 했다. - 동네청년 백"

물론 청년들도 실제로는 수박에 농약을 주사한 것은 아니다. 그럼에도 그 후 청년들도 한 통의 수박서리를 할 수 없었지만, 할아버지도 한 통의 수박을 먹지도 팔지도 못했다.

세상은 우리보다 악하다. 때문에 십자가의 주님은 악으로 악을 갚지 말고 선으로 악을 이기라고 말씀하셨다.

부활절의 성찬

김미자 집사님의 남편 이 집사님이 위암말기로 임파선까지 전이되어 의학적 치료는 끝나고 임종만을 기다리고 있는 상태였다. 남편의 죽음이 두려웠고 진통제도 효과가 없어 순간순간 연속적으로 진통이 올 때는 더욱 안타까웠다. 그 고통을 지켜볼 수밖에 없었던 김 집사님은 부활절성찬예배 때 결코 그래서는 안 된다는 것을 알면서도 고통당하는 남편을 위한 사랑 하나로 자기 몫의 성찬을 떡은 손수건에 싸고 포도주는 작은 병에 담았다.

누가 볼까봐 성찬예배가 끝나기가 무섭게 집으로 달려와 고통 가운데서 식은땀을 흘리며 미력으로 쓰러진 남편에게 "여보, 오늘 부활절성찬 때 내 몫은 안 먹고 당신을 위해 받아왔어요. 이 떡은 십자가에서 살을 찢어 영생하라고 주신 주님의 몸이고, 이 포도주는 우리를 위해 대신 고통당하신 주님의 피니 먹고 마셔요"라고 했다. 남편은 아내의 그 뜨거운 사랑에 손잡고 눈물을 흘리며 성찬을 받았다. 그런데 기적이었다. 마음속에 평안이 찾아왔고 고통이 모두 사라져 버렸다. 남편은 그 평안 속에서 천국을 기쁨으로 갔고, 김 집사님은 "하나님, 감사하고 죄송해요. 성찬은 그렇게 받는 것 아닐 텐데요…."

부활의 증인

이미성 집사님은 남편과 사별한 후 홀로 사는 38세의 과부다. 남편과 사별한 후 뇌염(뇌에 염증이 퍼져있는 희귀난치병)을 앓고 있었다. 사순절 40일 특별새벽기도에 목숨 걸고 기도하다가 십자가에서 피 흘리시는 주님을 볼 때, "내가 채찍 맞고 피 흘릴 때 너의 모든 병이 나았다"는 말씀을 듣던 중 머리가 맑아지는 치유의 은혜를 입게 되었다.

그 크신 하나님의 은혜를 갚을 길 없어 이제부터 주님의 십자가 사랑과 능력을 전하리라 하고 셋방에 사는 여인에게 전도하기 위해 자신이 치유된 것과 하나님의 은혜를 간증하며 교회에 나가자고 했다. 여인은 화를 내며 "왜 이제 와서 전도하느냐? 나는 당신의 병을 하나님이 고쳐주신 그날부터 분명 내게 전도하러 오겠지 하고 기다렸다. 나는 당신이 얼마나 가엾은 여자인지 다 알고 있다. 당신을 고쳐주신 하나님을 내가 왜 안 믿겠는가?"라고 했다. 전도하러 갔다가 오히려 전도 받은 기분이 들어 하나님께 더욱 감사했다. 그녀를 부활절 전도 열매로 너무 쉽게 인도할 수 있었다.

고린도에서 전도할 때 성령님은 바울에게 "이 성안에는 내 백성이 많다. 두려워말고 전하라셨다" (행 18:9~10).

배달사고

우리 집안 아저씨 중에 일본에 가서 성공한 사업가가 계셨다. 고향방문차 귀국해서 하룻밤을 고 씨 집성촌인 우리 동네에 유숙하며 일본에서 가져온 생필품을 모든 친척들에게 선물을 했다. 아주 먼 친척인 우리 집에도 밥통이 인편으로 배달되었다. 그러나 다음날 잘못 배달했다면서 라면 두세 개와 바꿔갔다. 전달한 사람이 잘못 배달한 것이다. 배달 사고였다. 섭섭할 것까지는 없었지만, 몹시 민망스럽고 황당했다. 그 후 누가 선물하겠다고 하면 배달사고 아닌가 하고 일단 거절하고 보는 습관이 몸에 뱄다.

"하나님의 은사와 부르심에는 후회하심이 없느니라"(롬 11:29). 결코 하나님은 배달사고가 없으신 참으로 신실하신 분이시다. 그 대신 우리에게 주신 모든 것이 우리에게 나쁜 것이라 생각했는데, 하나님께서는 나중에 그것을 놀라운 축복으로 바꿔주신다. 병을 주시고는 건강으로 바꿔주시고, 가난을 주시고는 부요로 바꿔주신다. 세상이 주는 것은 받지 말라. 주님이 주신 것은 무엇이나 가장 좋은 것으로 바꿔질 것이다.

어머니의 사랑

신학교 시절 나환자촌을 방문했다. 그곳은 병원이면서 환자들의 정착촌이었다. 격리된 곳이라 일 년에 하루만 방문이 개방되었다. 중환자들이 있는 방에는 9명의 환자들이 누워있고, 임종을 기다리는 환자도 있었다. 그중에 박 집사님이라는 여자는 아직은 활동하기에는 그리 불편하지 않은 환자였기에 같은 병실의 중환자들을 돌보며 입원해 있었다. 예배를 드린 후 박 집사님이 내게 부탁을 했다.

"전도사님, 우리는 전도할 수 없는 몸입니다. 우리 아홉 사람의 나환자들을 대신해서 전도해 주십시오. 우리는 전도사님을 위해 천국에 가서도 기도하겠습니다."

그렇게 하겠다고 약속을 했다. 그 후 35년 동안 나는 그 약속을 위해서도 9몫의 전도를 해야 한다는 사명감으로 만나는 사람이면 누구에게든지 전도를 하고 있다. 그때 박 집사님은 내게 잊혀지지 않는 고백을 했다.

"내가 10년 전 병원에서 나병이란 진단을 받았을 때 집에 알리지도 않고 가출해서 이 나환자 수용소에 왔습니다. 내 남편과 3남매 자식들이 나를 찾겠다고 몸부림치는 것을 알고 있습니다. 그래도 연락을 취하지 않았습니다. 내가 나환자란 것이 가족에게 알려지면 나를 잃어버린 것보다 아픔이 더 클 것이고, 주변사람이 알게 되면 내 자식들의 장래와 취직, 결혼에 너무 큰 상처를 줄 것이기 때문입니다."

아내의 사랑

　박 장로님은 평생 장의사를 운영하며 자녀 6남매를 신앙으로 키워 두 자녀를 목회자로 바친 분이시다. 부인인 김 권사님은 모든 교인이 우러러보고 따르는 신앙의 어머니였다. 그런 권사님에게 여든이 넘어설 때 치매가 왔다. 효심이 큰 자녀들이 권사님을 병원에 입원시키고 간호하겠다고 나섰다. 박 장로님은 모든 것을 거절하고 장의사도 그만두고 공기 맑고 숲이 우거진 산속에 집을 짓고 보기에도 안타깝도록 권사님의 치매병 수발과 집안 청소와 살림살이를 하시며 권사님과 운동도 함께 하며 모든 예배마다 권사님의 손잡고 오시다가 어느 때는 업고 오기도 하신다. 교회에 출석하지 못할 때는 설교 테이프를 들으며 가정 제단을 쌓으며 예배드리고 오직 아내 사랑에 자신의 모든 것을 바치셨다.

　"내가 불신자일 때 술과 담배, 여자에 빠져 재산을 탕진하고 아내를 구타하며 아내를 너무 많이 울렸습니다. 내 죄값으로 나의 아내가 저렇게 됐으니 이제는 내가 병든 아내를 위해 이렇게라도 돌보며 회개로 씻어야 되지 않겠습니까?"

빛과 둥지

우리 교회의 장애인 복지시설중 하나인 '빛과 둥지'가 있다. 도시 변두리에 자리잡은 공기가 맑은 4층 빌딩이다. 이곳에는 안산에 거주하는 장애인은 누구나 와서 하루 종일 일하고, 공부하고, 친교하고, 보호받는 시설이다. 가족이 출근할 때 시설에 장애인 자녀를 맡기고 가면 하루 종일 돌보아 주는 곳이다. 한 달 지나면 월급이란 명목으로 자기들의 수고로 얻은 소득을 본인의 통장에 송금을 해준다. 월 30만 원, 10만 원, 5만 원을 능력만큼 지급해 준다. 부모들은 그 송금액을 가슴에 안고 하나님께 감사해서 운다.

"내 아들도 월급을 받아왔어요. 정상인 자식들이 한 달에 받은 수백만 원의 월급보다 장애인인 내 아들이 받아온 5만 원이 더 크고 귀합니다."

우리 장애인 부모들의 기도는 한결같이 하나다.

"하나님, 더도 말고 덜도 말고 장애인 우리 아이보다 일 년만 더 살게 해주세요. 아이를 먼저 하늘나라 보내고 그 다음에 내가 갈게요."

또한 우리 교회의 '빛과 둥지'가 시작된 것은 장애인 부모 30명이 돈을 모아 4층 빌딩을 구입해서 장애인 재활장으로 교회에 봉헌한 헌신으로 시작된 것이다.

찬송의 능력

광주 민주화 항쟁이 절정에 달할 때 오기일 전도사는 정보군인으로 광주학생들의 동태를 살피고 오라는 밀명을 받은 후 아침에 등산객으로 가장하고 광주 시내에 진입했다. 보초를 서고 있는 5명의 대학생에게 붙잡혀 심문을 받았다.

"왜 산에서 내려오나?"

"아침 등산을 갔다 온다."

몸수색을 하더니 육군이라고 써진 호신용 권총이 발견되자, 그가 민간인이 아니고 군인이라는 것이 드러났다. "손들고 뒤로 돌아서라"는 말과 함께 M16 소총의 방아쇠 장진소리가 들려 생명을 포기하고 임종 찬송을 불렀다.

"나의 갈길 다가도록 예수 인도하시니…"

그때 대학생 한 명이 "너 예수 믿느냐?"라고 물었다.

"네, 나는 신학생 전도사입니다. 살려주십시오."

무릎을 꿇고 학생들에게 용서를 빌었다. 그때 한 명의 학생이 "나도 예수 믿는 사람인데 하나님의 종을 죽일 수는 없다. 용서하고 보내라"고 하여 그는 살 수 있었다.

이 찬송 사건으로 오기일 전도사는 죽지 않고 살아났다. 5명의 대학생 중 1명이 예수 믿는 사람이 있다는 것은 당시 20% 민족복음화의 열매였다. 그리고 찬송은 우리를 위기에서 건지는 구원의 열쇠였다(행 16:26).

비교의 재앙

장 집사님은 결혼하여 남매를 낳았다. 아들은 지혜가 많아 우등생이었고 과기고에서도 성적이 상위권에 있었다. 아들로 인해 행복했다. 그러나 중학교 다니는 딸은 공부를 못해서 성적이 하위권에서 머물렀다. 부인인 이 집사님은 자신도 모르는 사이에 습관처럼 딸에게 "오빠 반절만이라도 되라. 너를 볼 때마다 엄마는 마음이 아파 견딜 수 없다"며 공부 잘하는 아들과 공부 못하는 딸을 비교하며 괴로워했다. 결국 어머니로 인한 스트레스에 견디다 못한 딸을 정신과 병원에 입원시켜야 했다. 딸이 병원에 입원하던 날 이 집사님의 가슴에는 작살이 박히는 듯한 아픔이 있었다. 입원한지 석 달 만에 딸은 정신과 치료를 받고 퇴원했다. 그러나 이 집사님은 병원에서 폐암 선고를 받고 치료를 받다가 하늘로 떠났다.

사람은 비교급 인생으로 사는 것이 아니라, 최상급 인생으로 사는 존재다. 이것이 창조의 원리요 질서다. 사람과 사람을 비교하면 두 가지 잘못된 방향으로 결과가 온다. 열등의식과 절망, 좌절, 시기, 질투로 오고, 또 하나는 교만과 우월감으로 우리들의 모든 인생을 불행으로 망치게 된다. 중학교 때 받은 스트레스로 아직까지 건강하지 못한 그 딸을 보면 가슴이 아프다.

장애인 입양

우리 교회에는 노인병원 및 장애인 복지를 담당하는 전정희 목사님이 있다. 다섯 분의 복지팀 목회자와 함께 장애인을 섬기는 특수목회 사역자이다. 복지목회에 평생 헌신한 이유가 자기의 둘째딸이 장애인이었기 때문이다. 정신지체 1급 장애인인 딸로 인해 밥상에서 한 끼의 식사도 편안하게 먹을 수 없는 고통 속에서도 감사함으로 한국 장애인을 위한 목회자로 나섰다.

지난 5월 입양의 날 정신지체 1급 장애인인 아이를 딸로 입양하고 강단에 섰다. 장애인의 아버지로, 장애인을 위한 목회자로 계속 목회하려면 자신이 입양을 통한 사랑을 실천하기 위해 장애인 아이를 입양했다고 고백했다. 우리는 보이는 설교를 들으며 입양에 대한 엄청난 반향을 일으켰다. 우리 교회에는 장애인을 보살피는 어린양의집 시설이 있다. 그럼에도 전정희 목사님은 장애인을 자기 자식으로 입양하고 장애인 시설은 시설대로 보살핀다.

"담임목사님, 저는 장애인을 둔 아버지로써 장애인의 고통을 누구보다 더 잘 알기에 장애인 입양에 가장 적격인 부모는 우리라고 생각합니다."

하나님은 전정희 목사님에게 장애인 목회를 하라고 장애아를 둘씩이나 보냈나보다.

폐지를 줍는 성도

시내 중심에 자리한 교회 앞에 70세가 다 되신 김 집사님이 새벽마다 쓰레기 폐기장에 가서 폐지나 종이박스, 병 등을 주어 모으는 일을 직업으로 평생하고 계신다. 누가 이제 그만 두라고 하면 들은 척도 안 하고 이 일을 계속 하신다.

그 이유는 "쓰레기 줍는 일로 이 나이 되도록 아픈 적 없이 건강했는데 이 일을 중단할 이유가 없고, 평생 교회 옆에서 주님을 섬기며 이 일하는데 누구에게도 부끄럽지 않고, 모두 내다버린 것 주어다 생명을 주니 얼마나 귀한 일인데 내가 어찌 이 일을 그만 두겠는가? 무엇보다 자식들을 이 일을 해서 대학까지 다 가르치고 사회에 내놓았으니 얼마나 감사한 일인가! 또한 평생을 모아 시내에 작지만 빌딩이 두 채나 있고 부자되게 했는데, 왜 내가 이 일을 버리겠는가? 하늘나라 갈 때까지 계속해서 님은 것은 모두 서저 받았으니 거저 쓸 것"이라며 오늘도 열심히 일하신다. 하루하루를 특별한 날로, 축복의 날로, 성실하게 살아가는 노 성도가 너무 존경스럽다.

땀으로 키운 6남매

예 권사님은 부모님 손잡고 북에서 피난 와서 모태신앙인 김 장로님과 결혼을 했다. 빈손으로 시작한 신혼살림에 김 장로님이 데려온 자녀 6남매까지 합하니 식구는 8명이었다. 남편과 함께 닥치는 대로 막일을 하며 아이들을 고등학교까지 가르쳐서 경찰공무원으로 회사원으로 취직시켜서 건실한 사회인으로 교회기둥으로 키웠다. 모든 자식들을 대학에 못 보낸 것이 죄스럽고 한이 되어 막내아들만은 반드시 대학에 보내겠다는 결심으로 막내아들이 고등학교 입학하던 날 시청 구내식당에서 설거지를 하는 종업원으로 취직했다.

첫 아내를 잃은 남편이 어린 자식들을 데리고 얼마나 가슴이 아팠을까? 생각하면 "나의 이만한 고생은 아무것도 아니라는 희생하나로, 배 안 아프고도 하나님이 내게 주신 엄마를 잃은 자식들을 내가 아니면 누가 키우겠는가?" 하는 마음으로 6남매를 고이 길렀다. 어쩌다 권사님을 만나 "권사님, 고생이 많지요?" 하면 "땀을 조금만 흘려 일하면 우리 막내 학비가 되는데요. 고맙지요"라고 하신다.

막내는 오직 공부에만 전념해서 해군사관학교를 졸업하고 소위로 임관했다. 첫 월급을 받은 날 진해에서 한걸음에 달려와 무디고 거친 권사님의 손에 월급봉투를 쥐어주며 "어머니의 식당 고생이 아니었으면 해군소위가 될 수 없었어요"라고 했을 때 권사님의 눈에서 흐르는 눈물은 30년 동안 6남매를 키운 고생이 다 씻겨 지더라면서 감사했다.

장미 300송이

　정병섭 장로님은 건설회사 경영자이다. 10여 년 전 300여 명이 모이는 교회에서 건축비 예산도 없이 성전건축을 부탁했다. 내가 섬기는 교회만이 내 교회가 아니라, 주님의 교회는 모두 내 교회와 같다는 믿음으로 건축비 4억 5천만 원을 건설회사의 신용으로 빚을 내고 건축비를 절약하기 위해 직영으로 성전을 건축하였다.

　IMF가 닥쳐 교회는 한 푼의 빚과 이자도 갚을 능력이 없어 정 장로님은 10여 년 동안 이자 13억 5천만 원과 원금 4억 5천만 원, 합계 18억 원을 갚아야 했다. 교회에 건축비를 갚으라고 했더니, 교회가 부흥이 안 되어 못 갚겠다고 했다. "왜 부흥이 안 되느냐?"고 물으니 교회에 20여억 원의 빚이 있는 줄 알고 나쁜 소문이 나서 전도가 안 된다고 했다. 정 장로님은 고민하다가 목사님께 18억 원을 내가 헌금하는 것으로 히고 팅김해 줄 테니 이제는 헌당식을 하고 빚이 없는 교회로 소문을 내고 전도하라고 했다.

　그렇게 해서 교회는 정 장로님의 헌신으로 눈물로 헌당식을 가졌다. 헌당식이 끝날 때 300여 명의 교인이 장미 한 송이씩 준비해서 정 장로님의 가슴에 고맙다며 안겨주었다. 모두에게 그 감격은 눈물이었다. 목사님의 아버지는 머슴이라도 살아 이 은혜 갚고 싶다며 해마다 쌀 두 가마씩을 보내주었다. 지금 정 장로님의 자산은 300억 규모의 건설회사가 되었다. 하나님은 장미 한 송이로 1억 원씩 300억을 10년 만에 만들어 충성스럽고 착한 종에게 갚아주신 것이다.

살아갈 이유

부부 교사인 김 집사님과 박 집사님은 학교에서 만나 결혼했다. 첫딸을 낳았으나 전신마비 장애인 아이였다. 엄마인 박 집사님은 학교를 사직하고 27년이란 세월을 인간이 할 수 있는 모든 노력을 동원해서 장애인 아이를 치료하며 돌봤다. 남편 김 집사님도 정신분열로 학교에서 조기퇴직한 후 하나님의 부르심을 받고 하늘로 갔다. 장애인 큰딸과 건강한 두 아이를 양육하고 교육시키기 위해 새벽에 일어나 신문과 우유를 배달하고, 엄마를 기다리는 장애인 딸의 대소변과 세면을 시켜주고 밥을 먹이고, 한숨 잠들었다 수금하러 또 나갔다.

목사인 내가 보기에도 너무 커버린 장애인의 딸을 돌보는 것은 너무 힘든 일이라 생각되어 그 아이를 교회의 장애인시설인 어린양의 집에 맡기고 일하라 제안하고 배려해 주었다. 기도하고 결정하겠다더니 다음날 내게 이렇게 고백했다.

"목사님, 내 딸은 오직 나만 바라보며 하루하루 살고 있습니다. 나 또한 저 아이에게 엄마 노릇하려고 새벽같이 일어나 신문과 우유를 배달합니다. 우리는 서로 없으면 죽은 몸입니다. 제 아이는 제가 키우겠습니다. 저 아이가 없으면 난 살 이유가 없습니다."

15년 만의 잉태

교회 성가대의 지휘자 부부가 내게 식사를 대접한 적이 있었다. 아이들이 몇이냐? 이름이 뭐냐? 물으며 축복기도 해주겠다고 했더니, 당황한 부인이 고개를 숙이고 흐느껴 울었다. 이유를 묻자, 15년 차 결혼 부부인데 지금껏 기도하고 모든 의학적 노력도 동원했으나 하나님이 아이를 아직 안 주셨다고 했다. 갑자기 목사님이 있지도 않은 아이들 이름을 물으니 슬퍼서 운다고 했다. 나는 미안하다고 시과한 후 우리는 함께 간절히 하나님께 아이 하나만 허락해 달라고 기도했다.

그 후 놀랍게도 1년 뒤에 아이를 순산해서 그 아이는 지금 잘 자라고 있다. 보통과 평범은 모두 다 기적이다. 그리고 모든 삶은 기적이다. 결혼해서 1,2년에 쉽게 아이를 갖게 되는 보통 은혜를 어떤 사람은 15년 동안 아이를 달라고 기도한 후 기적적으로 얻었기 때문이다. 누구나 걷는 것은 보통 은혜다. 그러나 누워있는 중풍환자는 한 발자국이라도 걷게 해달라고 기적을 구하고 있기 때문이다.

가슴기도

60평생을 살아오는 동안 교회와 가족을 모질도록 핍박하던 남편이 대장암에서 뼈암, 임파선암으로 전이 된 말기환자라 의사도 손을 놓았다. 부인인 김 권사님은 오히려 감사했다. '이제야 드디어 내 남편이 하나님을 믿겠구나' 확신하고 전도했더니 "하나님, 이제 내가 하나님께 졌습니다" 하며 남편이 회개하고 교회에 나왔다.

내가 본 김 권사님의 남편은 이미 생명의 한계를 넘었고 하늘이 가까운 몸이었다. 김 권사님은 두 가지의 믿음을 갖고 기도했다. 하나는 "우리 목사님도 하나님이 말기암에서 고쳐주셨습니다. 내 남편도 고쳐주실 줄 믿습니다. 평생 동안 핍박밖에 한일이 없는 남편이 주의 증인의 삶을 살고 가도록 살려주십시오" 였고, 또 하나는 사랑의 기도였다. 뼈밖에 남지 않은 남편을 날마다 새벽기도 갔다 와서 가슴으로 안고 "하나님, 살아계신 하나님, 감기라고 쉽게 고쳐주고 암이라고 힘들게 고치겠습니까? 하나님은 능력이라 어려울 것도 없고 곤란할 것도 없습니다(요일 4:4). 남편을 고쳐주실 줄 믿습니다" 라고 기도했다.

그 후 6개월 만에 병원에 갔더니 암은 흔적도 없이 사라져 병은 완쾌되고 지정의도 하나님의 기적에 감사했다. 남편은 회사에 복직하고 첫 월급을 하나님께 다 드리고, 아내의 가슴기도 잊지 않고 하늘나라 갈 때까지 계속하겠다고 눈물로 고백했다.

두 가지의 질문

스스로 자신을 VIP(Very Important People)라고 믿고 있는 사람이 있다. 자녀와 가족을 양육하기에 그 아이들에게 없어서는 안 될 부모, 문제가 많은 제자를 가르치는 스승, 더러워진 도시를 새벽마다 청소하는 환경미화원, 자기가 있는 자리에서 꼭 필요한 사람으로 일하는 모든 사람이다. 자신을 VIP라 믿는 사람은 자신의 옥체를 보존하라. 당신이 쓰러지면 당신을 바라보는 모든 사람이 쓰러진다. 인생을 함부로 허비하지 말며 소중히 살아야 한다. 또한 자기 자신을 세상 모두에게 짐밖에 될 것 없는 쓸데없는 사람이라 생각하는 사람이 있는가? 그러면 회개하라. 당신이 그토록 쓸모없는 사람이라면 주님께서 당신을 위해 투자한 투자비용이 너무 아깝다. 주님은 당신을 위해 하늘을 버리고 이 세상에 오셨고, 십자가에서 죄와 병과 가난과 무지에시 구원하기 위해 값을 치르고 죽으셨다. 그리고 부활하셨다. 지금도 성령께서 당신을 떠나지 않고 함께 도우시고 지키시고 인도하고 계신다. 당신이 완전해질 때까지 당신을 위해 주님이 투자한 비용, 투자하고 있는 비용, 앞으로 투자할 비용이 무한대이다. 그런데 당신은 아무 쓸모없다고 하는가? 회개하라. 그리고 일어서라. 하나님은 그 엄청난 당신을 위한 투자를 당신에게서 소득으로 거둬야하지 않겠는가!

1억 원씩 탕감

김 집사님과 유 권사님은 부부다. 은행의 중견직위에서 성실하게 근무하며 회사에서 인정받고 교회를 섬기는데도 모범이었다. 그런데 주식에 투자한 후 여러 교인들에게 수억에 달하는 돈을 빌려서까지 주식투자에 열심이더니 그만 잘못된 주식 투자로 빚낸 돈까지 다 날리고 파산을 당했다. 은행에서도 퇴직금까지 몰수당하고, 집과 재산은 모두 날리고, 직장에서는 파직되고, 교인들에게 빌린 돈도 갚을 길이 없었다. 신앙도 잃어버린 김 집사님은 많은 사람이 그렇듯이 죽음을 선택하여 청평호수로 달려갔다.

김 집사님이 목숨을 끊으러 갔다는 소식을 듣고 수억 원의 돈을 빌려준 우리 교회 집사님들이 김 집사님의 과거의 잘못을 묻지 않고 빌려준 돈을 1억 원씩 원금을 탕감해 주었다. 그리고 생활이 여유 있는 집사님의 집을 내주어 자립할 때까지 살게 해주었으며, 채주 성도들이 협력해서 결혼을 앞둔 딸의 결혼식도 올려주었다. 내가 채주 성도들에게 "어디서 이런 사랑이 나왔느냐?" 물었더니, "우리는 한 구역에서 10년을 믿음의 형제자매로 함께 울고 웃고 살았습니다. 10년 사랑을 1억의 돈 때문에 깨뜨릴 수는 없습니다"라고 하였다.

동태 두 마리의 섬김

김 권사님은 장성한 아들 형제와 함께 살며 주의 종과 교회 성도들을 섬기는 기쁨으로 신앙생활을 했다. 하루는 전도를 마치고 시장에서 동태 5마리를 사서 목사님 가족은 두 식구니 2마리, 우리 집 식구는 세 식구니 3마리씩을 분배해서 잘 포장하여 머리에 이고 목사 사택으로 왔다. 이것이 김 권사님의 주의 종을 섬기는 자세이다. 큰 것으로가 아니라, 작은 것이라도 주의 종의 섬김을 빠뜨리지 않는 사랑이었다.

그러나 그날 김 권사님은 강도를 만나 각목으로 머리를 맞고 쓰러졌고, 강도는 심방 가방을 일수 돈을 받아오는 돈 가방으로 오판하고 날치기를 하였다. 기절한 김 권사님은 3일 만에 깨어났고 정신도 되찾았다. 두 형제가 병상 곁에서 깨어난 어머니에게 말하기를, "어머니, 대충 예수 믿으세요. 돈만 생기면 교회에 바치고, 불쌍한 사람들 도와주고, 목사님에게 좋은 것 다 사다줘도 하나님이 지켜주시지 않잖아요. 강도 각목에 어머니가 죽을 뻔 했잖아요." 그런 두 아들에게 김 권사님은 정신을 가다듬고 "얘들아, 그렇게도 깨닫지 못하느냐? 내 머리에 이고 있는 동태가 강도의 각목을 대신 맞아줬기에 내가 죽지 않고 살았다. 깨달으면 천국이요, 못 깨달으면 지옥이다"라고 말해 주었다.

사모칼럼

우리가 주의 일을 할 때 머리 써서 계산으로 할 일이 아니다.

믿음으로 사랑으로 은혜로 할 일이다.

하나님의 은혜는 실로 계산할 수도 없고, 알 수도 없고, 셀 수도 없다.

사모와 주일

충청도 서해안 안면도에 있는 창기리교회는 남편의 유년 시절부터 친구인 김춘갑 목사님께서 섬기고 계신 교회이다. 어느 날 화가 난 김 목사님이 사모님에게 한 달 동안 김치를 먹지 않겠다고 하시며 김치금식을 선포하셨다. 그리고 한 달 내내 정말로 김치를 먹지 않으셨다. 이유는 주일에 사모님이 김치를 담갔기 때문이었다. 6일 동안 시간도 많이 있었을 텐데, 왜 하필이면 주일에 김치를 담가서 하나님께는 성수주일을 범한 죄를 지었고, 교인들에게는 나쁜 모범을 보인 죄 때문에 그 벌은 가정교육을 잘못시킨 당신의 책임이라며 김치금식을 한 달 동안 스스로에게 내리신 것이다.

엘리야 시대에도 바알에게 무릎을 꿇지 않는 하나님의 사람 7천 명을 남겨두었다고 하시더니 오늘 같은 시대에도 하나님은 이렇게 훌륭한 종들을 숨겨 놓으신다.

그동안 논란도 많고 반대도 많았던 주 5일 근무제가 시행되고 있다. 이 주 5일 근무제로 인해 남편 목사님은 괴로워하고 있다. 주 5일 근무제는 성서에 위배된 정책이다. 그러나 모든 사람은 축복인양 생각한다. 하나님은 분명히 하나님을 위해 그리고 우리들을 위해 안식일을 거룩히 지키라고 말씀하셨고, 엿새 동안 힘써 일하라고 하셨다. 일은 놀고 하는 것은 아니다. 힘써 할 일이다. 이마에 땀 흘리며 할 일이다. 성취의 보람이 있고, 소득배당과 분배의 기쁨이 있는 것이다. 일이 기쁨과 감사와 사명이 되지 않을 때 일은 저주가 된다. 일하기 싫거든 먹지도 말라(살후 3:10)고 하셨다.

이제 우리 그리스도인은 주 5일 근무의 세류를 거스를 수도 없게 되었다. 그렇다면 이틀을 쉬는 동안 하루는 가족과 함께 주안에서 보내고 주일만은 더욱 감사함으로 온전히 지키게 하자.

남편 목사님의 지난주일 설교말씀 중에 헬라어로 죄라는 단어는 "하말티아"로 화살이 과녁에서 빗나간 것을 뜻한다고 하셨다. 과녁에서 빗나간 것은 모두 죄라는 의미이다. 비슷한 것은 천번 만번이라도 정답이 아니다. 축구에서 골 비슷한 것 만 개를 갖고 온다 해도 골이 될 수는 없다. 골문 안으로 들어가야만 온전한 골이다.

지금이야말로 본격적으로 주일을 성수할 때가 왔다고 본다. 그러기 위해서는 우리의 삶의 중심에 하나님을 온전히 모셔야 한다. 필자가 섬기는 교회의 교인 중에 한 집사님은 주일날에도 출근해서 일하고 교회에 가지 말라는 사장의 말에 "사장님, 제가 6일 동안 회사에서 죽도록 일하는 것은 주일날 교회에 가서 하나님께 하루 예배를 드리기 위해서입니다. 용서해 주십시오" 하며 회사에 출근하지 않고 교회에 나왔는데, 평생 우리 회사에서 일해 달라며 오히려 그 신앙을 칭찬해 주었다고 한다.

남편 목사님은 평신도 시절 공무원으로 근무했는데, 주일날까지 감사가 계속됨에도 주일예배와 아이들을 가르치기 위해 주일에 결근을 하고 말았다. 그러나 다음날 상사는 오히려 칭찬하며 6일 동안 성실히 일하는 것을 인정해주며 주일은 무슨 일이 있어도 꼭 지키라고 했다.

하나님이 모든 이에게 주신 축복들이다. 우리의 주인은 세상적인

상사도 되지만 우리에게 있어 진정한 주인, 참 주인은 주님이 아니신
가? 남편 목사님과 나는 근자에 이르러 우리가 물질문명의 풍요 속
에 살면서 자꾸만 세속화되어 가는 것 같아 괴로워하고 있다.

안면도에 가면 / 나는 신을 벗어야 한다
창기리마을 교회 하나 있고 / 내 친구 목사 거기 있기 때문이다 / 나
는 아직도 그를 나의 가장 친한 친구라 부른다 / 그러나 그는 나를 친
구라 하지 않는다 / 그것은 / 그는 나를 이미 죽은 친구라 믿는 까닭
이다
우리가 함께 자란 고향에서 / 부름을 받을 때 / 주님처럼 평생 가난하
자 했다 / 성공하지 말고 충성하자 했다 / 그는 오늘까지 / 처음 부임
한 교회에서 / 나와의 그 약속들을 지키며 살고 있다 / 그러나 나는 /
탈출하듯 농촌을 떠났고 / 오늘의 내가 되었다 / 그리고 / 적당히 모
든 것을 소유한 / 배부른 목자가 되었다
안면도에 가면 / 나는 신을 벗어야 한다

- 고훈의 '안면도에 가면'

순교신앙과 사모

AD 203년, 로마 황제 세메로의 대박해 때 예수를 나의 구주로 고백한 죄 때문에 원형극장에서 맹수의 밥이 되도록 선고받은 두 여인이 있었다. 22살의 귀족 뻬르뻬뚜아와 그녀의 몸종인 펠리치따스이다. 귀족 뻬르뻬뚜아는 젖먹이 아들이 있었고, 몸종 펠리치따스는 만삭의 몸으로 임신 중이었다.

두 사람은 같은 감옥에서 주·종의 신분을 뛰어넘는 사랑으로 서로 격려하고 기도하며 어떤 일이 있어도 배교하지 말자고 하며 이 땅에서도 함께 했으니 천국에도 함께 가고 순교도 함께 하자고 다짐한다.

뻬르뻬뚜아의 아버지가 와서 딸 앞에 무릎을 꿇고 빌면서 사정한다. "우리 가문은 이제 망한다. 너의 어머니와 동기들 그리고 누구보다 한 실도 안 된 너의 섯먹이 아늘을 봐서라도 배교하고 돌아오라." 그러나 뻬르뻬뚜아는 아버지에게 단호히 "아버지, 아버지에게 죄송한 마음은 어쩔 수 없지만, 저는 주님의 딸입니다. 그런 제가 주님을 모른다 할 수는 없습니다. 주님이 나를 순교로 인도하듯 내 아들도 인도해 주실 것입니다"라고 말하였다. 딸의 결연함에 더 이상 마음을 돌리지 못한 채 아버지는 돌아갔다.

몸종 펠리치따스가 순교하기 전날 아이를 출산한다. 산고의 고통은 극에 달했다. 영양실조와 환경의 어려움으로 인한 난산이었다. 고생하는 펠리치따스의 모습을 보다 못한 간수는 그녀에게 "어서 그 예수를 모른다고 부인하라. 아이 하나 낳으면서도 그리 고생한다면 내일 맹수에게 먹힐 때 그 큰 고통을 어찌 참겠느냐, 아이와 너의 장래를 위해 배교하라"고 하였다. 그러나 펠리치따스는 "간수님, 저를 걱정해 주시는 것은 감사합니다. 그러나 오늘 나의 고통은 내가 내 아이를 낳는 나의 고통이지만, 내일 받을 순교의 고통은 내가 나의 주님을 위해 주님께 바치는 고통이기에 주님이 내 곁에서 오늘처럼 넉넉히 이길 힘을 주실 것입니다"라고 말했다.

다음날 두 여인은 원형경기장으로 그물에 쌓인 채 끌려 나갔다. 무서운 황소가 달려와 펠리치따스의 몸을 받자 그는 곧 쓰러졌다. 귀족 뻬르뻬뚜아는 달려가 피투성이가 된 몸종 펠리치따스를 껴안고 기도한다. 그때 집정관이 와서 두 여인의 목을 베고 만다. 그 모습을 지켜보던 많은 사람이 회개하였다고 전해진다. 이것은 우리 기독교 초기 사역자 가운데 어느 교부나 사도 못지않게 거룩하게 순교한 두 여인의 이야기이다.

필자가 이 글의 제목을 '순교신앙과 사모'라 하려 했을 때 너무도 부끄럽고 떨렸다. 주님을 위해 살지도 못하는데 주님을 위해 죽는다니 너무도 큰 주제였기 때문이다. 한경직 목사님의 말씀처럼 죽은 순교자는 못되나 살아있는 순교자는 되어야 하는데 나는 너무 부끄럽다.

우리 같은 범인이야 목숨을 바치는 순교의 기회마저도 부족한 것을 아시기에 주지 않겠지만, 작은 순교의 기회는 날마다 순간마다 주신다. 남편은 목사이기에 교회가 작으면 시시한 일들로 또 크면 잡다한 일들로 좀 스트레스가 많겠는가. 동역자 사이에서 오는 스트레스,

장로님들과의 스트레스, 영성의 한계에서 오는 스트레스….

"이 후로는 누구든지 나를 괴롭게 하지 말라 내가 내 몸에 예수의 흔적을 지니고 있노라"(갈 6:17). 이것은 모든 목회자들의 호소가 아니겠는가? 결국 남편 목사의 그 모든 스트레스를 받아줄 사람은 하늘에서 찾아봐도 또한 땅에서 찾아봐도 사모밖에는 없다. 하나님을 쳐다봐도 "너는 네 남편의 돕는 배필이다. 너밖에 없다"라고 말씀하시고, 땅의 모든 사람도 "그만한 고통도 함께 나누지 못하려면 뭐 하러 사모되었나?"라고 말한다. 시몬은 성모 마리아에게 예언했다. 예수는 반대 받는 표적이 될 것이고, 그 예수를 모신 마리아는 가슴에 칼을 꽂고 평생 살 것이라고(눅 2:35).

지금은 은퇴하신 한 원로목사님의 은퇴식 때의 말씀이 떠오른다. "목회자는 평생토록 못 세 개는 삼켜야 참 목회자가 될 수 있다." 그날의 말씀은 내 가슴에 전율을 일으켰다. 그 못을 어떻게 남편 목사가 삼키게 할 수 있겠는가? 그것은 사모의 몫일 것이다. 사모의 십자가일 것이나. 사모의 살아있는 순교일 것이다.

사모의 사랑 (1)

내가 청년의 때 우체국 사무직원으로 근무하며 그 지역 교회를 섬길 때이다. 그 교회에는 폐결핵 3기 환자로 시골에서 요양하며 신앙생활을 잘하는 남자 청년이 있었다. 오직 그리스도의 사랑으로 우리들은 그 청년을 진실로 동정했고 사랑해 주었다. 그러던 어느 날 기도회 모임에 참석하기 위해 우연히 그 청년과 동행하여 교회를 가게되었다. 길을 걷던 도중 노상에서 그 청년은 내게 사랑을 고백하고 건강이 회복되는 대로 신학교에 갈 것인데, 신학교에 가면 결혼해 달라는 것이었다. 나는 그 순간 몹시 당황했다. 그 청년은 내 이상형이 아니었다. 내게는 그 청년에 대한 아무런 애정과 느낌이 없었다. 무엇보다 그 청년은 폐결핵 환자였다. 나는 집으로 돌아와 하나님께 하소연하며 울었다. 내가 얼마나 보잘 것 없는 여자로 보였으면 폐결핵 환자가 결혼하자고 하겠는가라는 생각에 화가 났고 그 청년이 미웠다. 나는 답장을 썼다. "가족들의 반대와 나 자신도 아직 결혼에 관하여 생각한 적도 없고 더욱 사모가 될 생각은 없으니 미안하지만, 더 좋은 여자를 만나 반드시 훌륭한 목사가 되십시오." 그 청년도 나의 답장을 받고 또 다시 접근하지 않는 걸 보니 나를 포기 한 것이 분명했다.

한 달의 시간이 지났을까 문제는 내게서 생겨났다. 그 청년의 사랑을 거절한 후 단 하루도 마음이 평안하지가 않았다. 불길한 생각만 지나갔다. '내가 한 거절의 충격으로 건강이 더 나빠지면 어떻게 하나, 혹 인생이나 신학교의 꿈을 포기하면 어떻게 하나? 그리고 나 자신은 누구인가? 한 청년의 진실한 사랑을 기도 한번 하지 않고, 하나님께 물어보지도 않고 내 맘에 들지 않는다며 그리 쉽게 거절할 수 있을 만큼 나 역시 훌륭하게 내세울 만한 무엇이 있는가? 여기까지 생각이 미칠 때 그 청년을 위해 한 달간 작정기도에 들어갔다. 한 달 작정기도가 끝났을 때 그 청년이 변한 것이 아니라 내가 변했다. 폐결핵 환자가 아닌 하나님의 아들이요, 하나님의 종 될 사람으로 보여졌다. 우연히 만난 자리에서 나는 그 청년에게 "거절당하고 괴로우셨지요. 실망 말고 저에 대한 용기를 잃지 마십시오. 앞으로 7년을 이 자리에서 기다릴 테니 건강 회복하여 신학교에 가시고 주의 종 될 때 결혼하겠습니다. 그러나 나를 믿지 마세요. 나는 변할 수 있어도 나를 만드신 하나님만 붙잡으면 나의 마음은 변하지 않을 겁니다"라고 말해 주었다.

그 후 어느 정도 건강을 회복한 그 청년은 신학교에 갔고, 매주 10장이 넘는 편지를 5년 동안 보내왔다. 나는 "오직 성령이 각 성에서 내게 증언하여 결박과 환난이 나를 기다린다 하시나 내가 달려갈 길과 주 예수께 받은 사명 곧 하나님의 은혜의 복음을 증언하는 일을 마치려 함에는 나의 생명조차 조금도 귀한 것으로 여기지 아니하노라"(행 20:23~24)는 말씀을 항상 답장 대신 보냈다. 그는 매 학기 때마다 올 A학점의 성적표와 장학금 내역서를 보내주었다. 수석으로 졸업상을 받는 영광과 함께 나는 그 청년과 결혼을 했다. 결혼한 날, 나는 기도했다. "하나님, 나는 건강합니다. 내 건강 남편에게 주시고 남편의 약함은 제게 주소서. 그리하여 우리가 하나 되어 하나님께서 기뻐하시는 목자 되게 하소서."

나의 아내

나를 흙으로 빚을 때 / 당신은 나의 가슴으로 빚었습니다 / 당신 몸에서 향취가 솟아나는 것은 / 이 때문입니다

내 아이를 받는 여인 / 당신은 / 우리 사이에 / 세월도 허물지 못할 / 다리를 놓았습니다

당신은 단 하나밖에 없는 / 우리 집 얼굴입니다 / 밖에서 돌아온 아이들이 / 찾는 얼굴 / 밖에서 돌아온 어머니가 / 찾는 얼굴 / 밖에서 돌아온 나도 / 맨 처음 보고 싶은 얼굴은 / 당신입니다

당신이 비워놓은 자리를 / 채울 보물은 / 이 세상에도 저 세상에도 없습니다

당신 손끝에서 / 살림들이 숨 쉬고 / 보살핌 속에 오늘도 / 식구들은 제자리를 찾습니다

내가 홀로 있을 때 / 내가 기댈 수 있는 언덕은 당신뿐입니다 / 내가 슬플 때 / 내 대신 눈물을 흘려 줄 사람도 / 이 세상에서 당신뿐입니다

그러나 / 당신은 / 나의 홀어머니로 하여 / 아직은 두 번째 사람입니다 / 나의 주님으로 하여 / 영원히 두 번째 사람입니다

- 고훈의 '나의 아내'

사모와 섬김 ⑴

필자가 목회자 사모가 되겠다고 목회자인 남편과 결혼한 것은 섬김을 받으려함이 아니라 섬기려함이었다. 그러나 지난 30여 년을 뒤돌아보니 섬기는 생활보다는 오히려 섬김만 받고 살아온 것이 하나님께 부끄럽기만 하다.

신혼 초 남편은 신학교에 재학 중이었고 그 당시 전라남도 광주에 있는 하남교회를 섬기게 되었다. 남편이 학교에 가고 나면 주중의 5일간은 내가 교회를 지켜야 했다. 봉동댁은 동네 사람들이나 교인들도 모두 모자란 사람으로 생각한 중년 부인으로 친척이나 가족도 없이 정부가 주는 보조금과 공공근로사업으로 근근이 살아가는 실로 가난하고 여러 사람들의 동정 속에 살아가는 교우였다. 그런 그녀가 정부에서 밀가루가 배급되는 날이면 첫 열매라고 주의 종에게 드려야 한다면서 한 되씩 덜어놓고 갔다. 또한 저녁 무렵 공공근로를 마치고 돌아오는 길에는 반드시 교회에 가서 기도하고 사택에 들러 그날 배급받은 건빵 한 봉지를 내 손에 쥐어주고 갔다.

고소래 집사님을 비롯한 할머니 교인들은 우물가에 물 길러 물동이를 머리에 이고 가면 참깨 한 움큼을 손수건에 싸서 가슴에 묻어주고, 된장과 고추장을 한 그릇씩 우물가에 숨겨놓고 며느리 모르게 갖고 왔다며 누가 볼까봐 손에 쥐어주시곤 했다.

첫딸을 임신해서 6개월이 됐을 무렵의 겨울이었는데, 쌀도 떨어지고 나무도 떨어져 금식을 하고 있었다. 그런데 이름도 밝히지 않는 성도들이 밤중에 찾아와 나무와 쌀 한 자루를 부엌에 갖다놓고는 도 망치듯이 사라졌다. 누가 가져 왔는지도 모르는 쌀과 나무로 그렇게 겨울 한 달을 지낸 적도 있었다.

교회에서 버스로 약 한 시간 정도 떨어진 거리에 있는 장성의 고 모 집에서 첫딸을 출산했다. 그런데 시골 병원 의사의 실수로 산후조 리를 잘못해서 죽을 고생을 하고 있을 때 순천댁 집사님이 미역이며 쇠고기, 아이 기저귀와 쌀까지 준비해서 고모 집까지 찾아와 산후조 리를 해주고 가셨다. 그 집사님은 명절 때마다 정성을 들여 장만한 명절음식을 한 가지도 빠뜨리지 않고 가득 담아서 가져오곤 하셨다. 뿐만 아니라 교우들이 정성어린 마음을 담아 주의 종의 집에 음식을 가져다주곤 하였다. 그렇게 5년 동안 하남교회를 섬기면서 한 번도 내 손으로 명절음식을 만들 필요가 없었다.

남편은 신학교를 졸업한 후 지난 5년간 신학생으로 시무하며 허 물을 많이 보였다고 전라북도에 있는 교회로 떠나려고 했다. 그런데 교인들이 이삿짐을 실으러왔던 트럭의 밑 속으로 들어가 누우며 "전 도사님, 사모님! 우리 교회보다 더 큰 교회로 가시면 그때 보내 드릴 게요. 왜 우리 교회보다 작은 교회로 가시면서 떠나려고 하세요?"라 며 우리를 가지 못하도록 붙잡았다. 그리고 6개월이 지난 후 지금의 안산제일교회로 가겠다고 하자, 큰 교회 가신다니 보내 드리겠다며 눈물로 길거리에서 이별했던 교인들을 지금도 잊을 수가 없다.

어린이까지 모두 합쳐도 50여 명 정도 되는 교회에서 우리의 생활 을 자립시켜 주었고 신학교까지 졸업하게 했다. 그 일, 그 사랑 생각 하고 안산제일교회에 온 후 지금까지 그리움과 죄송함과 눈물겨움으로 한 번도 잊어본 적이 없다. 들리는 소문에 의하면 이제 하남교회는 부흥되어 수천 명이 모이는 대형교회가 되었다고 한다. 가난해도 사랑이 부요한 교회, 주의 종과 그 가족을 위해서라면 눈이라도 주고 싶었던 갈라디아교회 같은 순수한 교회, 초대교회와 같이 은혜가 넘쳤던 교회였기에 지금은 수천 명이 모이는 교회로 성장하고 복 받는 교회가 된 것은 마땅한 일이다.

정의로우셨던 신학교 교수 목사님께서 강의 시간에 하셨던 말씀이 생각난다. 천국에 가면 경찰(?) 교사(?) 목사(?)는 하늘의 상이 별로 없을 것이라고 하셨다. 이유를 물었더니 그 사람들은 죄송하게도 이 땅에 살면서 대접만 받고 산 사람들이라 하늘에서는 그동안 대접만 받고 산 사람들의 복이 없지 않겠느냐는 것이었다. 그때 우리는 모두 웃었지만, 옳은 말이다. 이날까지 평생토록 목회자란 이름으로, 설교하고 섬긴다는 이름으로 우리는 대접만 받고 살아오지 않았던가?

"착하고 중성스런 종아, 너는 이 세상사는 동안 대접만 받고 살았으니 대접 많이 받은 상 받으라" 하고 주실 하늘의 상이 없는 것은 사실일 것이다.

사모와 섬김 (2)

신학교를 졸업한 후 남편은 첫 목회지라고 할 수 있는 안산제일교회에 전임전도사로 부임하게 되었다. 그때 내 나이 28살로 첫딸은 두 살이 되고, 아들은 임신 중이었다. 부임한 첫날 김일귀 장로님 댁에서 식사대접이 있어 초대받아 갔는데, 당시 60이 넘은 연로한 장로님이 아랫목에서 일어나더니 남편 전도사와 나를 아랫목으로 나란히 밥상에 앉게 하고 자신은 윗목으로 앉으셨다. 우리 부부는 극구 사양하고 한동안 서로 자리를 양보하느라 실랑이를 벌였다. 그러나 결국은 우리가 포기하고 송구스런 자리에서 식사를 마쳤다. 그 후에도 장로님은 평생토록 우리에게 그 아랫목 자리를 양보하셨다.

장로님이 천국에 가기 전까지 20여 년을 함께 교회를 섬겼으나 주일낮예배, 주일저녁예배, 수요예배, 새벽예배, 철야예배에 단 한 번도 빠진 적이 없던 것으로 기억된다. 주일을 끼고는 단 한 번도 해외나 국내에 여행할 계획을 세운 적도 없이 주일을 성수하였고, 그 믿음의 역사가 커서인지 아프신 적도 별로 없으셨다.

장로님의 부인인 박병오 권사님은 지난날 가난한 농촌생활 속에서 평생의 기도제목이 두 가지 있었다. 하나는 아들에게 지혜를 달라는 것이었고, 다른 하나는 생활의 부요함을 주시어서 모든 주의 종들을 우리 집에서 평생 대접하게 해달라는 것이었다. 그 기도는 응답되어 그 아들이 장로님이 되었고, 오늘의 안산제일교회를 건축한 안산주택의 책임자가 되셨다. 헌신예배 강사이든, 부흥회 강사이든, 노회 손님이 오든, 총회 손님이 오든지 안산이 도시화되기 전까지 권사님의 기도대로 잠자리와 식사는 모두 권사님이 직접 대접하셨다. 남편의 동역자인 여전도사님도 권사님 댁에서 제공한 사택에서 기거하며 교회를 섬겼다.

세월은 누구도 못 잡는다더니 건강하였던 장로님은 은퇴 후 혈압으로 늘 머리가 아프고 정신이 없다면서 어느 해부터인가 주일 대표 기도를 사양하셨다. 그리고 이제 나는 하늘나라에 올라갈 준비를 하겠다고 하시며 우리 부부를 데리고 양복점과 한복집에 들러 최고의 옷을 맞춰주시고 금예물의 선물과 용돈을 주시며 사양하지 말고 모든 것을 받으라고 하셨다. 백 번 사양하는 우리에게 "내가 죽으면 누가 내 시신을 만지며 장례하겠습니까? 목사님밖에 없습니다. 우리 자식들도 목사님께서 신앙으로 잘 키워 주십시오. 그 은혜에 비하면 내 정성은 아무것도 아닙니다"라고 하셨다. 장로님은 근 20년간을 그렇게 우리 부부를 섬기더니 이 세상을 떠나 하늘나라로 가셨다. 신비한 사건 하나는 일 년 전 장로님이 먼저 하늘로 가시던 같은 달 같은 날에 권사님도 천국에 가셨다.

지금도 두 분의 추도식예배는 한 번에 드린다. 살아생전에도 존경하고 사랑스런 장로님 내외분, 이제 돌아가신 후에도 우리에게 평안하게 하신다. 장로님 내외분은 평생 부부싸움이 없었던 신앙의 대가셨다

아비의 자리에 있으면서도 / 그 자리 양보하시고 / 어린 목자 앞세우시는 당신은 / 늙어서도 젊으셨던 하늘의 겸손입니다

내가 더러 실수하며 자만에 빠질 때 / 목자의 마음 아프지 않게 권면하신 후 / 제단에 무릎 꿇는 당신의 경건으로 / 이날 평생 / 허물은 덮고 칭찬은 드러내시기만 하셨으니 / 섭섭함도 은혜였습니다

하나님 좋으시면 우리는 좋다시며 / 주장한 일 없으시고 / 사사로움 앞세운 일 없어 / 언제나 당당하시고 / 섬기는 일이면 아까울 것도 없어 / 더 많은 것 드리지 못한 감사로 기뻤던 세월

불같은 시험도 있어 / 성전건축 앞두고 어린 손자 눈이 멀어 볼 수 없을 때 / 나는 눈 띄워 성전 건축케 해달라고 기도하고 / 당신은 당신 눈 가져가고 아이 눈 띄워달라고 기도하여 / 당신 눈에서 피가 솟을 때 아이 눈은 떴습니다

기도로 두 아들 인도하고 양떼들 모아 / 평생 헤아려도 못 헤아릴 정성 드려 / 이 성전완공의 사명마치고 / 열쇠를 쥐어주던 날은 / 나도 울고 당신도 울었습니다

그러시고도 / 영광의 몫은 하나님께 / 수고의 몫은 오직 당신 목자에게 / 돌리고 나면 / 스스로 숨어 사시는 동안 / 당신의 이름은 땅에 없습니다

아시기에 모르시고 / 모든 것 가지고도 가난한 당신은 / 저 하늘나라에서 빛 볼 수 있는 / 이 땅에는 / 아직까지 묻혀있는 보배였습니다

오늘 이토록 당신이 앉으셨던 / 그 자리가 유난히 텅 비어 보이고 / 저 어린 양떼들이 저토록 처량해 보이는 것은 / 당신의 죽음이 아쉬워서도 / 부족해서도 아닙니다 / 그래도 우리 가슴이 / 슬프기만 하는 것은 / 당신은 너무나 큰 별로 떴다가 / 이 땅에서 하늘로 떨어져버렸기 때문입니다

- 고훈의 '우리 장로님', 고 김일귀 장로님 영전에

고잔뜰 가을이 / 바람 앞에 익고 있을 때 / 당신은 하늘로 날개를 폈습니다

많이 거둔 때는 남긴 것 없이 / 적게 거둔 때는 모자람 없이 / 생명의 잔 모두 비우셨으니 / 당신의 생애는 / 언제나 사랑으로 다 태워드린 번제였습니다

그 낭낭한 목소리만큼 / 외식 없는 생활 / 아는 것은 성서 한 권 / 다닌 곳은 교회와 성도의 집 / 업적은 교회 섬김 / 재산은 신앙 / 그래도 당신만큼 부요하게 산 사람은 / 아무도 없습니다

김일귀 장로님 떠나신 지 꼭 일 년 / 같은 날 9월 18일 소천 / 같은 날 9월 20일 장례 / 같은 나이 85세 향수 / 같은 날 영은 하늘에서 / 육은 땅에서 만나시니 / 까닭에 / 인내를 넘어선 고통으로 / 반쪽 세월 얼마나 아프셨습니까 / 이날을 만나시려 잠 못 이루시고 / 기다림의 몸짓을 멈추지 못하셨습니까

당신은 어머니 / 제가 마지막 본지도 모르는 교회의 어머니

고잔뜰 가을이 / 햇살 앞에 고개 숙일 때 / 당신은 하늘로 날개를 폈습니다

-고훈의 '우리 권사님', 고 박병오 권사님 영전에

남편이 쓴 추도시는 전북 봉동 묘지 비석에 지금도 보존되고 있다.

사모와 섬김 (3)

바쁜 목사는 나쁜 목사란 말이 있다. 사모에게도 같이 적용될 말일 것이다. 남편 목사님은 제일교회 목양일 만으로도 벅찰 텐데 부흥회 강사로, 학교 강의와 세미나 인도로 너무 분주했다. 그래서 나는 소용없는 권면을 여러 번 했었다. 첫째는 목사님의 건강 조심하실 것과 둘째는 제일교회를 섬기는 일과 설교준비와 개인 영성에 더 힘쓰기를 바랐다.

윤유순 집사님 부부가 우리 부부와 장로님들을 위해 저녁식사를 초대했을 때다. 가정에 특별한 일은 없었으나 은행에 다니는 남편의 직장생활이 하나님의 은혜로 잘 근무하게 될 것과 모든 어려움 없이 가정을 지켜 주신 하나님의 은혜에 감사해서 목사님을 모시고 식사하겠다는 것이었다. 남편 목사님은 다 준비된 식탁에 앉아 식사기도를 마친 후 모두 함께 식사하자고 윤유순 집사님을 불렀으나 부엌에서 무얼 준비하는지 식탁에 함께 앉지 않았다. 거듭 같이 앉자고 했더니 집사님의 남편 집사님이 "목사님, 드시지요. 제 아내는 오늘 저녁식사를 안 할 것입니다. 그동안 여러 번 목사님과 식사약속을 했지만, 그때마다 목사님께서 급한 일이 생겨서 여러 차례 약속을 연기하곤 했습니다. 이 모든 것은 목사님이 바빠서서가 아니라, 제 아내가 정성이 부족한 탓이라 생각하고 3일을 금식하고 기도하며 오늘 저녁을 준비했습니다. 오늘 저녁까지가 금식 작정일입니다"라고 말하였다.

목사님도 놀랐지만 나도 놀랐다. 목사님은 당장 윤 집사님을 식탁에 불러 앉혔다. "윤 집사님, 저, 오늘 저녁식사 못합니다. 내가 예수님입니까? 어떻게 목사 식사대접을 위해 3일 동안 금식을 할 수 있습니까? 내가 이 식사 받으면 하나님께 악한 목사라고 책망 받습니다. 그리고 내가 너무 부끄럽고 죄송합니다." 목사님의 말이 끝나자마자 윤 집사님은 오히려 용서를 빌었다. "모든 잘못은 제가했습니다. 다시는 이런 일이 없겠으니 식사 잘하십시오." 우리는 죄송함으로 식사를 마쳤다.

다윗 왕이 블레셋 적군에게 포위되었을 때 부관들에게 베들레헴 샘물이 마시고 싶다고 했다. 부관 세 명이 적진을 뚫고 가서 베들레헴 샘물을 길어다 다윗에게 가져왔다. 그러자 다윗은 감격하여 이것은 부관들의 피 이기 때문에 내가 마실 수 없다며 하나님께 관제로 부어 드렸다. 우리 부부는 다윗의 겸손한 신앙을 생각하고 오랫동안 괴로워했다.

주님은 제자들의 발을 씻기시고 양 무리를 위해 십자가에서 죽으시기까지 한 다음에야 우리로부터 이 보잘 것 없는 사랑을 받으신다. 우리도 무엇인가 양무리의 본이 되라고 하셨으나, 선한 목자는 양떼를 위해 목숨을 바친다고 했으나 목숨은 고사하고 섬김만 받고 살아오고 있다.

주님은 이렇게 말씀하셨다. "섬김을 받는 자보다 섬기는 자가 복이 있고, 받는 자보다 주는 자가 복이 있다." 목사님은 "우리가 기쁨으로 대접받습니다. 우리에게는 복이 없다 해도 주의 종을 대접하느라 3일 동안 금식기도를 한 그 사람과 정성을 하나님이 복 주실 것입니다"라고 말씀하신다.

그 후 윤 집사님의 남편 집사님은 은행을 퇴직하더니 신학교에 입학하셨다. 그리고 지금은 주의 종이 되어 성실히 복음사역에 목숨 걸고 계신다.

땅에서 나는 하늘 향기 / 받는 자는 받음으로 살맛 나 / 더욱 아름답고 / 주는 자는 주므로 기쁨 나 / 더욱 감격하고 / 아무리 메마른 땅에서도 / 우리는 어우러져 밝아오는 세상을 본다
받음으로 주고 / 줌으로 받는 / 거룩한 나눔
사랑하는 이여 / 우리가 주님 때문에 / 여기까지 왔는데 / 섬김으로 살아감이 마땅치 않는가

-고훈의 '섬김'

사모와 기도 (1)

남편이 신학교를 졸업하고 안산제일교회에 담임전도사로 부임한 그 해 여름, 기도원에 가셨던 김 집사님이 기도원에서 귀신 들려서 왔다는 소식이 왔다. 당시 김 집사님은 5남매를 낳아 기르는 신앙의 어머니였다.

첫날 예배는 오히려 귀신에게 힘을 돋아주는 예배에 불과했다. 경험도 없고 능력도 없어 고민하던 나는 남편에게 우리 집으로 김 집사님을 모셔와 기도하는 것이 좋겠다고 의논했다. 남편은 김 집사님 남편에게 한 주간만 기도할 수 있는 시간을 주면 귀신을 몰아내겠으니 모든 것을 하나님께 맡겨 달라 하고 김 집사님을 사택으로 모셔왔다.

첫 목회에 만난 귀신이니 우리는 능력이 없어도 하나님의 능력으로 반드시 하나님이 귀신을 몰아내 주실 것을 확신했다. 한 주간 동안 기도 계획을 하고 하나님께 한 주간 내로 귀신을 몰아내 달라고 부탁했다. 오전, 오후, 저녁마다 예배시간을 정하고 귀신 들린 김 집사님을 붙잡고 기도하면 5시간도 더 걸렸다. 식사시간이면 음식물을 독약이라면서 토하기도 하여 식사시간을 고통의 시간으로 만들었고, 혼자 있을 때는 앨범에서 우리 가족사진을 꺼내어 모두 조각조각 찢어버리기도 했다. 그러나 그런 것은 아무런 고통이 아니었다. 그토록 기도했음에도 귀신은 물러날 기미를 보이지 않고 더욱 악화되어 가는 것 같아 남편과 나의 무능함이 우리를 올가미로 조이듯 괴롭게 했다.

예수님은 단 한 번의 꾸지람으로 귀신을 몰아내셨고, 많은 목회자들이 단 한 번의 기도로 귀신을 몰아냈다는데, 우리는 나름대로 사랑과 열심과 기도로 간구했으나 아무 소용이 없었다. 우리들의 기도의 무능함의 고통은 귀신과의 싸움보다 더 극복하기 어려운 내적 싸움이었다. 인내하는 자가 복이 있도다. 믿고 구한 것은 받은 줄로 믿으라 하시는 말씀이 없었다면 우리는 모든 것을 포기하고 기도회를 중단했을 것이다. 한 주간이 지나고 아무런 효험도 없자 환자 가족에게 한 주간만 더 작정하자고 하고 또다시 하나님만 믿고 기도회에 들어갔다.

작정한 보름이 지난 두 번째 주일 오후 김 집사님에게 들어가서 교회와 그녀의 가족과 우리 가족을 두려움과 실망으로 몰아넣었던 군대 귀신은 안개의 사라짐같이 떠나고 김 집사님은 정상인으로 돌아왔다. 그 후 교회는 날로 영적 힘을 얻었고 부흥은 계속되었다.

기도보다 더 중요한 것은 환자에 대한 긍휼과 사랑의 마음이었다. 목회는 능력만이 아니라 믿음에서 나온 사랑으로 가능하다. 건강을 회복한 김 집사님은 평생 첫 열매는 주님의 것이라면서 해마다 사택으로 가져왔다. 그리고 365일 하루도 빠진 일 없이 새벽에 와서 기도하기를 잃지 않았다. 때로 우리에게 허물과 잘못이 있어도 단 한 번도 우리 탓으로 돌리지 않았고 주님을 대하듯 겸손한 신앙으로 우리에게 잊지 못할 평신도가 되었다. 진실한 사랑은 한 번 심으면 진실한 사랑을 평생 거둔다.

아무리 바쁨 속에 산다 해도 / 시간이 많습니다 / 생각하고 만나고 대화하며 / 약속하고 기다림에 / 사랑은 모든 것의 최우선이기 때문입니다

아무리 어려움 속에 산다 해도 / 줄 것이 넉넉합니다 / 물질도 몸도 마음도 영혼도 / 세상에 있는 것도 없는 것도 / 요구한 것도 요구하지 못한 것도 / 사랑은 모든 것이 다 아깝지 않기 때문입니다

아무리 부족함을 갖고 있다 해도 / 아름답기만 합니다 / 약점도 허물도 과거도 현재도 미래도 / 사랑은 모든 허물을 덮기 때문입니다

아무리 멀리 있다 해도 / 함께 있습니다 / 투병 중에도 먼 여행 중에도 / 다 주고 돌아선다 해도 / 사랑은 죽음이라도 / 갈라놓을 수 없기 때문입니다

- 고훈의 '사랑'

사모와 자녀

첫아이 산달이 가까웠을 때 남편은 서울에서 신학교에 다녔고, 나는 시골 고모집 골방에서 출산일을 기다렸다. 진통이 너무 컸고 경험도 없는 초산이라 시골 진료소 같은 작은 병원에서 의사의 도움을 받고 출산을 했다. 내게는 예쁘고 총명해 보이는 딸이었다.

고통도 잠시 출산의 기쁨으로 퇴원한 우리는 고모집으로 돌아왔다. 내 집도 아닌 고모집에서, 그것도 남편도 없는 곳에서 아이는 24시간을 거의 울어 댔고, 나는 허리가 끊어지는 것처럼 아팠고, 내 몸과 방에서는 썩은 냄새가 진동했다. 딸아이가 우는 것을 보고 옛 어른들의 아이가 울면 노래를 잘한다는 말이 생각났다. 내 딸아이는 음악을 전공했다. 기이한 일이다.

고모의 주선으로 광주 기독병원으로 딸아이를 데리고 가서 입원을 시켰다. 황달이 심해서 흑달이 될 수 있으니 온몸의 피를 바꿔주어야 생명을 건질 수 있다고 하면서 5만 원을 준비해 오라는 병원측의 말을 듣고 남편에게 연락했더니 학교에서 빈손으로 기도만 쥐고 내려왔다.

남편은 "우리 형편에 어디서 5만 원을 준비하겠소. 기도합시다"라고 했다. 그 당시 남편의 한 달 사례비가 1만 원이었다. 그때 마침 병원 원목선교사님께서 우리 병실 앞을 지나가시는 것을 보고 남편이 다급한 형편을 이야기하고 기도를 부탁했다. 원목선교사는 서툰 한국말로 "염려하지 마시오. 하나님께서 고쳐주실 것이요" 하며 우리 딸아이에게 안수하시며 "종의 딸입니다. 하나님 아버지, 믿음의 부자되게 해주십시오. 예수님 이름으로 기도합니다. 아멘" 하고 가셨다. 그로부터 3일 후 딸아이는 건강해져서 퇴원하게 되었다.

서툰 한국말로 우리 딸을 위해 기도해 주신 원목선교사님을 생각하면 감사한 마음을 나는 평생 잊지 못한다. 지금껏 내 딸아이가 신앙문제로 우리를 괴롭힌 적 없이 오직 믿음으로 곱게 커서 교회를 섬기는 것은 우연한 일은 아니다.

딸아이가 두 살이 되었을 때 안산제일교회에 부임한 그 해 여름성경학교 때 남편은 성전에서 어린아이들에게 성경을 가르치는 중이었고, 나는 둘째아이 출산 후 산후조리 중이었다. 교육관 건축공사를 하기 위해 자재를 가득 실은 트럭이 후진으로 들어오는데 길가 화단에서 놀고 있던 딸이 그 트럭의 앞바퀴에 깔리게 되었다. 집사님들은 그런 줄도 모르고 "오라이! 오라이!" 하며 트럭의 후진을 재촉했고, 마침 트럭 바퀴에 무엇인가 걸리는 걸 안 운전기사가 전진하여 내려와 보니 딸아이가 깔려 있었다. 급히 병원으로 데리고 가 사진을 찍어보니 허벅지에 타박상만 입었고, 하나님의 은혜로 한 달간 절뚝거리는 고생과 놀램의 고통을 극복하고 정상으로 회복되었다. 딸아이에게는 두 번째 기적 체험이었다.

이제 내 딸아이는 어느새 26살의 성년이 되었다. 아동부 성가대 지휘로, 주일낮예배 성가대 반주로 봉사하는 중에 사모가 되겠다며 신학교에 가서 공부 중에 있다. 나는 딸아이에게 네 인생은 네 힘으로가 아니라, 오직 하나님의 은혜로 된 것이란 것밖에는 가르친 것이 없다. 평소에 자격이 없다며 사모나 여종 되는 것을 사양하더니 이제

라도 결심한 것 보면 이 또한 우리에게는 세 번째 축복의 기적이다.

나의 이야기를 다 듣고 난 딸은 언제인가 이렇게 고백했다.

"아빠, 엄마, 이미 두 번이나 죽었으면, 나는 내 인생이 이 땅에서는 없네. 이제 내 인생은 모두 하나님의 것이네…."

평생 내 심장이 두 번이나 뛰었다 / 한 번은 / 내가 세상을 버리고 선지학교를 향하던 날 / 또 한 번은 / 네가 세상을 버리고 주의 여종이 되겠다고 결심한 날

오늘이 오기를 / 나는 네 나이만큼 25년을 기도하며 소원했다 / 주의 종이 되라 하면 / 무능함과 부족함과 여자임을 앞세우고 / 펄펄 뛰던 네가 어찌 이런 결심을 했단 말이냐 / 분명 주님의 역사가 있었으리라 / 너는 나보다 더 잘할 수 있다 / 나의 허물과 은사를 보아 왔기에

나는 / 긴 세월을 주님이 내게 주신 성직의 바톤을 들고 / 넘겨받을 사람이 아직 와 있지 않아 두리번거리며 망설이고 있었다 / 너에게 넘겨줄 수 있으니 / 나는 조금 쉬어도 된다 주님께 돌아가도 된다 / 너는 끝까지 잘 달려 너의 자녀에게 / 이 바톤을 반드시 물려줘야 한다

사랑하는 나의 딸아 / 주님의 신부야 / 아직 길은 험하나 결단함으로 출발을 했다 / 성공하려 말고 은총을 입어라 / 잘 살려 말고 충성으로 살아라 / 가난함과 부요함에서 진리가 너를 자유케 하리라 / 내게 남아있는 모든 축복이 너에게 / 내게 남아있는 모든 영성이 너

에게 임하길 기도한다

- 고훈의 '딸이 소명에 응답하는 날'

식사하고 가세요

우리 교회에서는 복지회관과 노인병원과 노인대학과 주일 낮 점심을 교사와 성가대원과 교인들 상대로 무료로 급식을 한다.

주일 낮과 같은 경우, 사람이 너무 많이 몰려와 식사 봉사팀인 권사님들과 여집사님들이 밥하기에는 너무 힘드니 국수로 하면 어떻겠느냐고 당회에 건의가 들어 왔다. 부목회자 회에서는 단돈 1,000원이라도 밥값을 받으면 반찬도 좋아질 수 있고 먹는 사람도 줄어들어 좋을 거라 건의했다. 목사님은 단호히 거절하고 장로님들이 봉사하도록 지시했다. 장로님이 주일날 주방에 들어가 밥하겠다고 앞치마를 두르니 식사 봉사팀인 권사님들과 여집사님들이 우리가 잘못 건의했다고 하며 힘들어도 밥하겠다고 다시 수고를 하고 있다. 지금도 교구별로 돌아가면서 식사들을 도와서 설거지를 하고 무거운 일들을 도와준다.

반찬은 김치 한 접시와 나물 한 접시에 국 한 그릇, 밥 한 그릇이 전부이지만 모든 교인들은 교회에서 먹는 밥이 세상에서 제일 맛있다고 한다. 지난 주일에는 생활이 넉넉한 편인 여집사님 한 분이 목사님을 찾아왔다. 안산에 있는 집을 팔고 서울로 이사를 가면서 교회에는 계속 나오겠다며 교회에 대한 몇 가지 감사가 있다고 했다. 교회 자랑할 것이 많으나 가장 은혜 받았던 것은 교회 식당에서 무료식사 했던 것이란다. 손자 아이가 주일학교 끝나면 "할머니, 식사하고 가세요. 교회 밥 맛있어요." 목사님도 예배 끝나면 "집사님, 교회 식당에서 식사 하고 가세요." 이 말이 너무 정겨웠다고 한다. 옛날 가난한 시절에도 우리는 손님이 오면 식사했느냐고 물었고, 굳이 먹었다 해도 밥 먹으라고 수저 쥐어주던 옛 고향의 따뜻한 사랑의 정서를 우리 교회에서 느꼈다고 한다. 집을 팔아 차액이 남았는데 그동안의 밥값 드리겠다며 2,000만 원을 헌금해 주었다. 목사님께서 밥값을 너무 비싸게 받았다며 기뻐하고 온 교우들과 설교시간에 간증하면서 기쁨의 은혜를 나누었다.

"병든 자를 고치며 죽은 자를 살리며 나병환자를 깨끗하게 하며 귀신을 쫓아내되 너희가 거저 받았으니 거저 주라"(마 10:8)

"주라 그리하면 너희에게 줄 것이니 곧 후히 되어 누르고 흔들어 넘치도록 하여 너희에게 안겨 주리라 너희가 헤아리는 그 헤아림으로 너희도 헤아림을 도로 받을 것이니라"(눅 6:38)

우리가 주의 일을 할 때 머리 써서 계산으로 할 일이 아니다.

믿음으로 사랑으로 은혜로 할 일이다. 하나님의 은혜는 실로 계산할 수도 없고, 알 수도 없고, 셀 수도 없다. 교회는 수십 년 무료로 급식했더니 하나님은 밥 한 그릇에 2,000만 원 받아주셨다.

책망받는 사모

아무리 생각해도 나는 사모가 될 수 있는 자격이나 은사가 전혀 없는 사모다.

사모가 얼마나 중요한 자리란 것을 귀띔으로나 눈치라도 챘더라면, 나는 결코 내 부족 때문에 사모의 길을 사양했을 것이다.

내 남편 목사님은 25년을 함께 목회하며 항상 나를 책망해 주었다. 책망받는 사모 다섯 가지만 적어보겠다.

① 새벽기도에 결석할 때 나는 호되게 책망을 받았다.

나는 다른 사람이 보는 것만큼 그리 건강한 몸이 못된다. 아이 둘을 낳고 목사님 따라 심방하고 살림하다 보면, 너무 피곤해서 도저히 일어나지 못할 때가 몇 번 있었다. 새벽기도를 갔다 온 남편 목사님은 그 자리에서 나를 깨우며 민망할 정도로 꾸짖었다.

"평신도들을 보시오. 아침부터 저녁까지 직장에서 일하고, 가정에서 살림하고, 새벽에 나와 기도하고 있소. 당신은 사모가 아니요. 잠자러 왔소. 그러려면 뭐하려 사모가 됐소. 기도합시다. 죽더라도 기도하다 죽읍시다."

② 목사님이 잠들었을 때 걸려온 전화 안 바꿔주었을 때 호되게 책망을 받았다.

남편 목사님은 다른 목사님들보다 처음부터 몸이 약했다. 아무리

급한 전화도 목사님의 건강 지키겠다는 욕심으로 내일 아침에 전화
하라면서 끊어버리고 그 사실을 다음날 보고하면 집안이 난리가 나
도록 책망한다.

"여보, 내가 무슨 대통령이요. 무슨 사장이요. 내가 무슨 존귀한
사람이요. 그 교인은 얼마나 급해서 밤중에 전화했겠소. 나는 하나님
의 종이요. 교인들 상담하고 섬기라고 보낸 종이요. 당신이 벌써 교
만해 졌구려."

나는 이런 책망을 받고 섭섭해서 많이 울었다.

③ 교인이 집에 방문했을 때 식사 대접을 안 해서 보낼 때 크게 책
망을 받았다.

남편 목사님은 대접하는 은사가 있는 사람이다. 대접하는 것을 참
으로 좋아한다. 그러나 나는 대접하는 은사가 부족한 사모다. 우선
우리 집 가난한 식탁을 보이기가 부끄러울 때도 있었다. 준비 안 된
식탁을 교인에게 대접한나는 것은 내게 고통이었다. 때문에 식사를
대접하지 못하고 교인을 보낼 때면 나는 죄인이 되고 만다.

"누가 당신 더러 소 잡아 대접하라 했소. 있는 대로의 정성이면 그
만이오. 사랑의 반찬, 정성의 반찬이면 훌륭하오. 하나님께 대접하는
은사 달라고 구하시오."

④ 헌금을 인색하게 할 때마다 호된 책망을 받았다.

목회자 사례비는 나뿐 아니라 모든 농어촌 교회나 개척교회, 어려
운 목회자에게는 충분하지는 않다. 그러나 목사님들은 하나님께 많

이 바치기를 한결같이 바라신다. 나는 사례비를 갖고 오면 십일조, 감사헌금, 선교헌금, 장학헌금, 건축헌금, 연보드릴 것 떼어놓으면 항상 남아있는 것으로 살아가기가 만만치 않았다. 절기헌금을 드릴 때 남편은 얼마나 드릴 것이냐고 묻는다. 형편이 어려우니 이 정도 드리겠다면 남편은 즉각 책망한다.

"목사는 헌금도 모범으로 드려야 교인들이 따라서 하는 것이요. 돈 없어 빚내서 드리면 더 영광이고, 있는 것 중 최선을 다하면 축복 아니겠오. 남은 것 계산 말고 하나님께 우선 많이 드리시오. 우리가 돈 벌려고 온 것 아니고 주님께 충성하려고 오지 않았소."

나는 책망을 받은 그 이후로 내가 특별헌금과 모든 헌금을 결정한 적이 없다. 남편 목사님에게 결정하라 해서 드린다. 어느 날 한 번은 남편을 놀래주려고 추수감사절 때 남편이 내라고 한 헌금 액수보다 내가 배나 보태 내었더니 "이제는 남편 목사 믿음보다 사모 믿음이 더 크니 당신이 잘 정해서하시오" 하고 결혼 26년 만에 처음 칭찬 받았다.

⑤ 개인전도를 안 할 때 무색하리만큼 책망을 받았다.

병든 남편 목사 간호하랴 노령이신 시모님 대소변 수발하랴 내게는 시간이 황금이다. 어느 날 남편 목사님은 내게 왜 개인전도를 안 하느냐고 거룩한 시비(?)를 걸어왔다. "처음 사모됐을 때 그리도 한 영혼에 대해 관심과 사랑이 많더니 이제 배부른 사모가 됐느냐고 하며 아무 일 안 해도 좋으니 개인전도부터 먼저 하라"고 호통 치셨다. "우리 교회는 자랑할 것 아무 것도 없는 부족한 나 같은 목사가 목회한 교회다. 개인전도 없이는 우리가 영혼 구원할 수 없다." 눈물이 나도록 책망 받았다.

나는 이토록 부족한 사모다. 남편 목사님 마음에 들지 못해 책망 받고 산다. 언제쯤 나도 하나님 마음에 드는 착하고 충성스런 사모가 될 수 있을지, 주여! 이 가엾은 여종을 불쌍히 여기소서….

천사의 크리스마스 새벽송

해마다 크리스마스이브가 되면 우리 교회에서도 주일학교 발표회를 갖고 새벽송 파송 저녁예배를 드린 후 전 교우들이 자기 구역으로 돌아가 가가호호 방문하여 크리스마스 찬송으로 새벽송을 한다. 그러나 몇 년 전부터 새벽송하기보다는 저녁송으로 자연스럽게 바뀌어졌다. 새벽에 찬송을 부르다 보니 환영받기보다는 비난받은 적이 더 많았다. 잠을 깨웠다고 조용히 하라고 여간 불평이 많은게 아니었고, 새벽까지 돌다 보면 너무 지쳐서 정작 크리스마스 예배시간에는 졸리기가 일쑤였다. 교회는 지혜를 내서 밤 12시 이전까지 마치는 저녁송으로 변경하기로 했다.

자정이 가까워지는 시간에 우리 사택에도 구역장과 함께 5~6명의 교우들이 초인종을 누르며 "기쁘다 구주 오셨네" 하며 찬송 1절을 불러주고, 목사님 사모님 가정에 자녀들과 함께 어머니께도 하나님의 은총이 있으라고 축복해 주었다. 나는 교인들을 영접하고 준비한 차와 과일로 대접했다.

구역장이 참석한 구역원을 소개하면서 특별히 김 집사님 가정을 자세하게 소개했다. 김 집사님은 5,60대의 중년 여성도인데 4남매를 두었다 한다. 큰딸은 착하고 영리하고 지혜로워 결혼하여 손자손녀까지 낳고 잘 산다고 한다. 큰딸 밑으로 아들 셋을 낳았는데, 모두 청각장애를 겸한 농아인이라 한다. 김 집사님을 꼭 닮은 농아인 아들이 함께 저녁송을 부르며 동행해 왔었다. 나는 속으로 나도 모르게 '하나님, 왜 그러셨어요. 듣지도 말하지도 못하는 장애인 아이를 하나도 아니고 셋씩이나 한 어머니에게 주셨어요. 우리는 건강한 아이를 데리고도 속상한 적이 많았는데. 하나도 아니고 셋씩이나…' 라고 속삭였다.

나는 김 집사님이 35년간 그들의 어머니로서 걸어온 길이 말하지 않아도 너무 아파 견딜 수가 없었다. 목사님은 눈물이 많아 구역식구들 앞에서 눈물 감추며 "김집사님은 천사군요. 우리와 같이 성격이 나쁘고 사랑이 없는 사람에게는 하나님이 결코 당신의 장애아이를 안 맡겨요. 김 집사님은 천사 중의 천사인가 봐요. 하나도 아니고 셋씩이나 맡기셨으니" 하더니 김 집사님과 그의 장애인 세 아들을 위해 눈물로 간절히 기도해주고 축복해 주었다.

"주여, 이 땅에서 말할 수 없다면 우리가 나중에 하늘나라에 가서 못 다한 모든 말 할 수 있게 아직은 침묵의 시간을 은총으로 주십시오."

평생 그리스마스이브 찬송을 들었으나 어머니 따라 다니며 우리 집에서 불러준 농아인 아들의 찬송이 잊을 수 없는 감동과 회개와 은혜를 가져다준 찬송이었다.

사모란 무엇인가?

어느 임직식에서 안수 받은 집사가 나와서 감사인사를 하는 순서인데, 회중에게 감사하다는 말 대신에 "안수집사란 무엇인가?"라는 질문으로 설교(?)를 했다 한다. 어리둥절한 회중에게 자기가 생각한 안수집사란 "예수 위해 돌 맞아 죽을 사람이다. 왜냐하면 안수집사의 첫 번째 선배인 스데반이 예수 위해 돌 맞아 죽었기 때문이다"라고 했다고 한다. 그 이야기를 들으며 나는 심한 충격을 느꼈다. 남편 목사님도 충격을 받으며 "장로와 목사란 무엇인가?"라는 논리를 폈다. 목사는 예수 위해 목이 부러져 죽을 사람(목으로 사망할 자(?)). 목사의 선배격인 사도 바울이 로마에서 목에 칼을 맞고 순교했기 때문이다.

그렇다면 나도 이제 또 대답을 해야 한다. "사모란 무엇인가?" 성서를 아무리 찾아봐도 사모의 역할도 없고, 사모의 이름도 없고, 사모의 모델도 없다. 결국 나의 대답은 예수 위해 바람과 같이 사라져야 할 사람이다. 왜냐하면 성서 어디에도 사모는 없기 때문이다. 베드로 사도도 사모가 있었고, 바나바 사도도 사모가 있었고, 요한사도도 사모가 있었다. 그러나 성서에는 나오지도 않는다. 예수 위해 바람처럼 사라져 버린 것이다.

남편 목사님은 옛 교회 터로 나를 데리고 간 적이 있었다. 이제는 모든 교회의 흔적도 사택의 흔적도 없이 다 사라지고 역전 공원 모습만 보일뿐이다.

24년 전 안산제일교회에 전도사로 부임했을 때는 여름이었다. 그해 겨울 남쪽 따뜻한 곳에서만 생활했던 나는 몹시 추웠다. 해마다 겨울 아침이면 모든 것이 꽁꽁 얼었고, 벽에는 고드름으로 빙벽이 되었고, 연탄 한 장의 열기로는 모든 곳이 바람구멍 같은 우리 사택을 따뜻하게 할 수 없었다. 영하로 내려가는 날이면 언제나 펌프샘의 작두를 녹이기 위해 짚불을 피워야만 했다. 그때는 그런 것이 아무 고생이라는 생각도 못했고, 모든 것이 감사하기만 했던 충분한 환경이고 조건이었다.

그런데 오늘에야 24년을 뒤돌아보니 눈물이 어린다. 그때는 조금도 힘들었다 생각 안 했는데 왜 오늘은 그날이 고생으로 보이는가? 오늘의 내 생활이 그때보다는 훨씬 축복이 되어 있기 때문이리라. 주 안에서 이 세상을 나그네로 사는 사모에게 고생은 무엇이며 행복은 무엇이겠는가? 고생은 아름다운 감격의 추억을 갖다 주고 행복은 오히려 오늘의 나처럼 나태함과 안일 속에 빠지게 하는 위험이 있는 것은 아닌가?

지난날 행복한 날은 후일에 후회를 가져올 때가 있다. 바르게 살지 못함으로 인해서다. 그러나 고난의 지난날은 오늘에 와서 뒤돌아보며 나에게 눈물겨운 감사를 낳게 한다. 오늘의 고난을 괴로워하지 말고 오직 주님을 위해 바람처럼 사라지고 싶다. 무명의 영성 속으로 성서의 선배들처럼 영원히 침묵하고 싶다.

결혼식의 눈물

부모 모두가 시각장애인인데 하나님이 주신 아들은 교회에서 기도와 믿음으로 곱게 자라 우리 교단 신학교 신대원에 합격해 교육전도사로 섬기고 있다.

주님께 소명 받은 키 크고 맘씨 곱고 아름다운 자매와 그 교육전도사님은 건전한 교제를 하며 서로의 진실한 사랑을 확인하고 결혼을 결심했다.

자매의 아버지는 고급 공무원인데 일언지하에 거절을 당하고 말았다. 예수 믿는 사위는 그렇다 해도 목사사위는 안 보겠다는 것이었고, 남자측 부모가 모두 시각장애인이라 딸을 고생시키려고 보낼 수 없다는 이유였다. 또한 그런 남자 아니어도 얼마든지 자기 딸을 좋은 조건에 있는 사람을 만나게 할 수 있다는 아버지의 딸에 대한 사랑 때문이었다. 상당한 세월을 두고 자매는 매도 맞기도 하고 아버지로부터 꾸중과 미움도 받으면서도 낙심하지 않고 기도로 승리해 결혼을 허락 받았다.

허락 받기보다는 딸의 결정을 꺾을 수 없어 어쩔 수 없이 결혼식에 아버지로서 참석을 하겠다고 허락한 것이다. 결혼식의 분위기는 어느 결혼식과 다른 것은 없었다. 친구들의 환한 축하웃음, 성도들의 사랑의 응원, 친지들의 기쁨의 축하, 그러나 그 아버지만은 그러지 못했다. 목사님의 축도가 끝나고 가족사진 촬영시간인데, 신부 아버지가 뒤도 돌아보지 않고 굳은 표정으로 식장을 빠져나가 버렸다.

나는 눈물이 났다. 아무도 우는 사람이 없었고, 신부도, 신랑도, 그 누구도 우는 사람은 없었다. 내가 왜 그 장면을 보고 울고 있는지는 모르겠다. 이유는 하나, 자매가 사모의 길을 자처하고 왔기 때문에 그 자매는 수년 동안 흘려야 할 눈물을 이미 다 흘렸으리라. 어린 신부 사모가 대단해 보였다. 반대하는 아버지의 사랑의(?) 장벽은 하나 넘었으나 시각 장애인인 시부모를 모시는 일과 아직도 남편의 신학 마치는 일과 친정아버지의 영혼 구원하는 일과 이해와 양가의 아름다운 화해와 목회의 진로 등….

하나님께서는 이 땅에 모든 좋은 조건을 갖춘 사람만 반드시 사모로 부르지는 않는다. 도저히 나같이 보통 사람으로는 감당할 수 없는 위치와 여건에 있으면서도 하나님이 불러주신 사모가 있다. 분명 하나님이 우리와 함께 계신다면 주님을 통하지 않고는 어떤 괴로움도, 아픔도, 십자가도, 고난도, 우리에게 그냥 오지는 않으리라. 주님을 통해서 그 다음 우리에게 오리라. 후배 사모여, 주께서 그대와 함께 계신다. 고난이 큰 만큼 은총도 너욱 크리라.

"내가 전에 너희에게 보낸 큰 군대 곧 메뚜기와 느치와 황충과 팥중이가 먹은 햇수대로 너희에게 갚아 주리니"(요엘 2:25)

주님께 바칩니다

남편 목사님이 위암 수술을 받을 때 음악을 전공한 큰딸은 더 연구하기 위해 미국에서 어학연수 중에 있었다. 유학을 보낼 처지는 아니었으나 스스로 선택해서 간 길이라 강압적으로 막을 수는 없었다. 정신적으로 물질적으로 교회와 우리 가정에 큰 부담이었다. 평소에 눈물이 많고 어린 딸이라 목사님은 아픈 소식을 전하지 못하게 했다. 그러던 차에 목사님이 수술한 뒤 얼마 안 되어 딸이 짐을 싸가지고 학업을 중단하고 귀국해 버렸다. 친구로부터 아버지가 암 말기란 소식을 듣고 기도하던 중에 자기의 길이 이것이 아니란 것을 깨달았다고 한다.

남편은 딸아이에게 너는 첫 자식이니 아버지의 소원은 목사가 됐으면 좋겠다고 늘 말하곤 하였다. 그때마다 딸은 두 가지 이유로 거절하였다. 자신은 여자이기 때문에 목사보다 음악으로 하나님께 영광을 돌리고 싶다는 것이고, 또 하나는 자신의 부족 때문에 하나님이 자신을 목사로 부르시지 않았고, 자신이 생각하기에 목사의 자질이 없다고 말해 왔다.

그런데 피골이 상접된 목사님 옆에서 한없이 울기만 하던 딸이 "아빠, 힘내세요. 하나님이 반드시 고쳐주실 거예요. 아빠, 내가 신학교 가서 목사가 될 거예요 그러기 위해 귀국했습니다"라고 말했다. 남편과 나는 어쩔 줄을 몰랐다. "네가 목사가 되려면 하나님으로부터 소명을 받아야 되는데, 주께서 너에게 뭐라 하시더냐" 하며 물었다. "네, 전에 아빠가 나더러 목사가 되라고 하실 때 난 꿈도 꾸지 않았어요. 그러나 아빠 아프다는 소식을 듣고 내가 아버지를 뒤이어 목사가 되어야겠다는 생각이 꿈이 될 만큼 내 마음이 변해 있다는 것이에요. 이것이 하나님이 날 부르신 소명이라 믿어요." 남편은 병 나은 것보다 더 기쁘다고 했고, 목사님이 처음 직장에서 마태복음 19장 29절 말씀으로 하나님의 종으로 부름 받을 때보다 더 기쁘다고 했다.

안타깝게도 문제는 신학교 시험이 걱정이 되었다. 신학교 문턱이 너무 높았다. 신학교 지망생이 많이 몰린다는 것은 감사할 일이지만, 심지어는 5,6년을 도전하는 사람도 있다는 말을 듣고 걱정이 앞섰다. 오늘 시대는 하나님의 종이 되는 것이 소명으로 되는 것이 아니라 실력으로 되는구나 생각하니 당장 어린 딸의 입시문제가 걱정이 되었다. 고시원처럼 공부하는 스터디 그룹이 있다는 정보를 받고 딸을 두 평 남짓한 원룸을 얻어 내보냈다. 일 년간 입시준비를 하기 위해서였다.

나는 세 개의 기도 십자가가 있었다. 남편 목사님의 회복과 교회 성장과 딸아이의 신대원 합격을 위해 새벽제단에 엎드리면 나는 이 한마디 기도밖에 드릴 것이 없었다.

"하나님, 내 남편을 주님께 바칩니다. 하나님이 받으시고 써 주십시오. 교회는 하나님 당신의 교회입니다. 남편의 연약함이 거침돌이 되지 않게 하시고 오히려 성장의 디딤돌 되게 하소서. 딸아이가 26년 되도록 출산의 위험에서, 교통사고에서 기적적으로 건져주었습니다. 이미 주님의 것 주님께 바칩니다. 주님이 받아주시옵소서. 모자란 것이지만 주님께 바칩니다. 주님이 받아주소서."

나는 일 년간 주기도처럼 이 기도밖에 더 드릴 것이 없었다. 하나
님은 지금까지 남편의 생명을 연장해 주셨고, 교회는 성장했고, 딸아
이는 합격통지서를 받았다.

한나의 기도가 사무엘을 낳기도 전에 하나님께 바치는 기도였듯
이 나도 딸이 목사가 되기 전에 주님께 바치는 기도를 드렸다. 평생
내가 드린 기도 중 가장 확실한 기도응답의 비밀이 될 것이다.

사모의 침묵

손이 있으니 쓰는 것이요, 발이 있으니 걷는 것이요, 눈이 있으니 보는 것이요, 사모에게도 입이 있으니 어찌 말하고 싶지 않겠는가? 그러나 사모에게는 입은 있으나 실상은 말할 입이 없다. 건덕상 말해도 안 된다.

오늘은 필자에게 입으로 말할 기회가 아니라, 글로 쓸 기회가 주어졌기에 냉가슴 앓아온 사모의 침묵을 글로 쓰고자 한다.

싸우는 교인들을 보며

싸우는 교인들은 하나님을 믿는 사람이 아니라, 자신의 유익을 위해 믿는 사람들인 것 같다. 자식을 두 쪽으로 쪼개서라도 나눠달라는 창녀처럼 내 유익이 목적이기에 쪼갤 수 없는 생명이 쪼개져도 내 뜻이 관철되면 되는 것이다.

바리새인처럼 혈기, 판단, 시기, 미움에 열심하면서 정작 열심히 해야 할 사랑과 양보와 용서는 나태하고 있기 때문이다. 교회는 주님이 오실 때까지 전시상태다. 사탄과 죄악과 핍박과 시련과 환난과 가난과 무지와 대치하여 끝이 없는 전투 중이다. 그런데 이 치열한 전시에 적에게 겨눠야 할 총과 대포와 무기를 아군에게 향하여 발사하고 싸운다면, 이 전투의 결과는 어떻게 되겠는가? 목회자끼리 싸우는 것을 평신도가 본다면, 역겨워 교회를 떠나고 싶을 것이다. 중직자가

씨우는 것을 사모가 본다면, 사모의 가슴이 터질 것이다. 가장 나쁜 평화가 가장 좋은 전쟁보다 낫다는 말씀이 생각난다.

십일조를 안 하는 교인을 보며

어려서 들은 속담에 앞날에 소망이 없는 사람을 "저 사람 씨나락 (종자씨) 까먹을 사람"이라고 한말이 생각난다. 농부가 굶어 죽었으나 베개 속에는 종자씨가 있었다고 한다. 죽어도 농부는 후손을 위해 종자씨는 먹지 않았다. 로또복권 열풍이 성도들에게까지 불었다. 많은 성도가 당첨되면 교회에 바치겠다, 건축헌금 하겠다는 등 여러 가지 헌신의 이름으로 참여했다. 결과는 실망이 크다고 한다. 미국 청교도 정신이 살아있는 교회들은 성도가 복권이나 도박으로 바친 십일조는 거절한다는 글을 읽었다. 신성한 충격이었다. 교회는 물질 위에 세워질 수도 없고 부당한 불로소득 위에 세워져도 안 된다는 청교도 정신일 것이다. 그런 것은 천만금을 얻었다 해도 축복이 아니다. 세상이 주는 물질의 유혹일 뿐이다.

한국교회 전 교인이 십일조 교인이 된다면, 우리 가정과 교회와 민족은 얼마나 달라진 축복 위에 설 것인가? 자식들이 물질의 소득이 생길 때 온전히 구별하고 그 고사리 손으로 십일조를 드릴 때 우리는 자식들의 축복을 확신한다. "하나님이 너희를 버리지 않을 것이다. 반드시 너희들 미래에 하나님이 보장이 되리라." 필자의 교회 헌금계전위원인 안수집사님들이 오전 8시부터 오후 5시까지 꼬박 계전실에서 헌금 계수하느라 수고한다. 수고 많습니다 하면, "아닙니다. 초등학교 유치원 아이들이 200원, 100원, 50원 바친 십일조 봉투 보면 너무 기특하고 감격해서 은혜 받음으로 피로가 다 풀립니다"라고 한다. 하나님이 정말 살아 계심을 믿는가? 십일조가 아까운 교인이라면 아직 주님을 만나지 못했든지, 하나님의 축복을 한 번도 체험해 보지 못했든지 둘 중 하나일 것이다.

교만한 교인들을 보며

교만은 패망의 선봉이요. 교만한 자는 하나님이 물리치신다고 하셨다. 오직 겸손한 사람만이 하나님의 은혜를 받는다고 성서는 가르쳐주고 있다. 주님은 아무나 와도 좋다고 했다. "수고하고 무거운 짐 진 자는 다 오라" 간음, 살인강도, 난치불치병자, 인색한 사람, 욕심쟁이들 모두가 주님 앞에 가면 환영받는다. 그러나 주님이 박대하고 물리치고 거절하는 사람이 하나있다. 그 사람은 교만한 사람이다. 참으로 교만이 얼마나 무서운 죄인가? 주님께 거절당하는 죄이다. 루시퍼의 교만이 하나님께 거절 받고 에덴에서 쫓겨나지 않았는가? 돈이 있어도 교만할 수 없는 것이요. 돈은 결코 인간의 영혼을 위대하게 만들지 못한다. 자식과 지혜와 명예가 있어도 그 인간의 영혼을 그런 것들로는 한 치도 위대하게 할 수가 없다. 인간의 영혼을 위대하게 하는 것은 오직 내 안에 성령이 계실 때뿐이다.

오늘은 그만 써야겠다. 누가 나에게 "네가 하나님의 선지자냐"고 하면 나는 또 한 번 침묵할 수밖에 없는 사모이기 때문이다.

어머니의 기적

대구 지하철 화재 참사로 우리 교인의 친정 조카아이가 둘씩이나 화염 속에서 목숨을 잃었다. 안산에서 대구를 오가며 탄식하며 괴로워하는 모습을 보며 참으로 안타까웠다.

TV뉴스로 참사 소식을 보며 처참히 죽어 검은 숯덩이가 되어버린 상황 속에서 한 어머니의 처절하면서 아름다운 소식이 전해졌다. 영남대 4학년에 다니는 이규창 군도 지하철을 탔다가 참변을 당해 연기와 화재로 화상입고 질식사하여 병원 의사의 사망확정 판정을 받고 영안실에 옮겨져 하얀 천으로 덮여져 있었다. 어머니는 자식의 시체라도 찾겠다고 이 병원, 저 병원 뛰어다니다 아들의 시체를 병원에서 찾게 되었다. 얼굴도 보기 전에 아들의 발가락만 보고도 자기의 아들임을 알았고 덥혀진 천을 얼굴에서 벗겼을 때에는 이미 싸늘한 시체였다. 어머니는 침착하게 의사를 붙잡고 "내 아들은 죽지 않았습니다. 살려주세요. 발가락만 보고도 내 아들인줄 압니다. 살려주세요"라고 간청했다. 의사는 너무나 애원하는 어머니의 간청에 못 이겨 인공산소 호흡기로 호흡시켜 보았는데 숨이 돌아와 살아난 것이다.

이것은 어머니의 기적이다. 모든 사람이 포기한 자리, 의사마저 사망이라고 단정해 버린 그 자리에서도 어머니의 사랑은 아들을 포기하지 않는다. 사랑은 포기해 버린 그곳에서 희망을 갖는 것이기 때문이다. 어머니의 사랑이 아니라면 결코 죽음에서 희망을 갖지 못한다.

　왜 예수님께서는 죽은 지 나흘 된 나사로의 시체를 살려야만 했을
까? 우리에게 희망은 포기하는 것도, 체념하는 것도, 불가능이라고
끝내는 것도 아니라는 것을 가르치기 위함이 아닌가? 마리아가 가나
혼인집에서 포도주가 떨어졌다고 예수께 사정했을 때 "여자여, 이
일이 나와 무슨 상관이 있습니까? 아직 내 때가 이르지 아니했습니
다"라는 말로 거절당하고도 하인들에게 "주께서 무슨 일이든지 시
키는 대로 하라" 하고 결국 물로 포도주를 만드신 기적을 행하신 힘
이 무엇인가? 마리아는 결코 희망을 예수에게서 포기하지 않았다.

　사모 역할은 교회의 어머니 역할이 아닌가? 어떤 영혼도 그가 죄
가 있든지, 성격이 나쁘든지, 괴롭히든지, 난치병에 들었든지, 우리
가 감히 포기할 사람은 하나도 없다. 목사님이 포기하고 또 포기한다
해도 우리는 결코 포기할 수 없다.

　하나님도 포기 하지 않은 사람을 우리가 어찌 포기할 수 있겠는
가? 모든 인간이 포기한 간음한 여자를 예수님도 들지 못한 심판의
돌을 들고 발광하던 바리새인들에게 "너희 중에 죄 없는 자가 돌로
치라" 하시고 "나도 너를 정죄 하지 않는다. 가서 다시는 죄를 범치
말라"고 하셨다. 나는 너를 결코 포기하지 않는다. 너도 나를 포기하
지 말라.

여자의 힘

영국 출신 선교사 에드위나가 가장 고통 받고 버림받은 여성을 위해서 선교하겠다고 하나님께 서원하고 미국 시카고 성 매매 지역에 가서 선교를 시작한다.

에드위나 선교사는 창녀들 속에서 함께 생활하며, 그들의 건강과 복지를 상담해 주며, 정신과 영혼의 구원을 위해 몸을 아끼지 않는다. 어느 날 저녁 창녀들과 함께 상담하고 있는데, 깡패 청년이 들어와 에드위나를 지목하며 포주에게 돈은 얼마든지 줄 테니 에드위나와 잠자게 해달라고 하는 뜻밖의 사건이 터졌다. 모든 창녀들이 에드위나의 당황한 모습을 보고 있었다. 이때 에드위나가 "나는 창녀가 아니에요"라고 말한다면 위기는 모면할 수 있겠지만 모든 창녀들의 자존심을 상하게 해서 창녀들이 에드위나를 떠날 것이고, 그 깡패 청년의 요구를 들어주면 에드위나는 창녀가 되는 상황이다. 그때 포주가 나타나 깡패 청년에게 "에드위나는 안 돼요. 지금 에드위나는 에이즈병에 걸려 치료 중에 있어요"라고 말했다. 이 말이 떨어지기가 무섭게 깡패 청년은 뒤도 안 돌아보고 도망쳤고, 에드위나 선교사는 그 위기에서 모면할 수 있었다.

에드위나 선교사는 조용히 교회로 돌아왔다. "주여, 모든 것은 내 힘으로 못합니다. 창녀들의 영혼을 구원하소서. 아멘." 그 주일 에드위나는 교회 강단에 섰다. 그런데 창녀들이 모두 나와서 주일예배에 참석했다. "에드위나 선교사님, 당신은 우리들이 가장 어려움에 처했을 때 우리 편에 서 주었습니다. 이제 주일날은 평생 우리가 당신 곁에 있을 게요." 그 주일날 에드위나는 울고 말았다. 설교가 아니라 눈물바다였다. 에드위나는 비록 연약한 여자이나 그녀에게는 힘이 있었다. 남성이 갖지 못한 사랑의 힘, 자기를 쉽게 포기할 수 있는 모성의 힘인 희생의 힘, 주님이 그에게 주신 선교의 임마누엘의 힘, 가장 고통 받는 사람 곁에 있어주는 선교의 임마누엘은 손해가 나고 위기까지 몰고 온 고통이 있었으나 창녀선교의 어머니가 되는 하나님의 역사를 가져오게 했다.

오늘 아침 에드위나의 선교일기를 읽다가 나 자신이 서글퍼짐을 어쩔 수 없었다. 또 다른 절망감과 부끄러움으로 펜을 든 것이 부끄러워 나의 그 부끄러움을 드러냄으로 무사 안일한 내 삶을 고발한다. 내 일상을 보면 무능하고 요사이 무직자 같은 기분이 든다. 사순절이 시작되었다. 철야와 금식을 결심하고 실천하며 주님의 기도 임마누엘, 금식 임마누엘, 십자가 임마누엘에 함께 하여 주님이 걸어간 수난의 길을 에드위나 선교사가 걸어갔듯이 나도 스스로에게 부끄럽지 않는 사순절 길을 걷고 싶다.

북한이 핵을 소유하면 한반도에서 평화통일은 없을 것이고 미국이 북한을 공격해 전쟁이 일어나면 한국의 경제와 통일 또한 없을 것이다. 지금 여야가 대립적인 입장이 아니라, 보다 유연성 있는 입장으로 나라의 문제를 풀어갔으면 좋겠다. 보수와 개혁의 두 목소리가 가로 질러가지 말고 평행선으로 가다 누군가가 통합하는 힘으로 모두 하나 됐으면 좋겠다. 그 통합세력이 누굴까 우리 여성의 기도가 그 통합의 힘이 됐으면 좋겠다.

어린양의집 이야기

시흥시 물왕저수지 앞자락에 자리한 정신지체 장애아 고아원인 어린양의집이 있다. 우리 교회 맏딸 큰 정박아 오미오가 원장이며, 어머니며, 아버지다. 소문이 나서일까. 아이 울음소리를 듣고 문밖에 나가보면 친부모도 키우기 어려워서 그곳에 내다 버린 아이를 우선 오 씨 성을 붙여 이름을 지어 어린양의집에 주민등록을 만들어 주고 나면 세상 무엇으로도 바꿀 수 없는 어린양의집 아들이 되고 딸이 된다.

어린양의집에는 몇 가지 수칙과 은혜가 있다. 38살 노처녀 원장은 평생 결혼하지 않기로 하나님께 서원했다. 내가 결혼하라고 하면 "사모님, 내 아이들이 50여 명이나 되는데 결혼해서 내 아이 낳으면 저들을 내가 낳은 아이와 편애할지 몰라서요" 하며 단호히 결혼을 사양한다. 아이들의 식사는 언제나 원장이 직접 준비한다. "내 자식이니 내 손길이 닿는 음식을 평생 먹이고 싶어요."

아이들에게 평생 헌옷은 입히지 않는다. 사치스러워서가 아니라, 어느 부모가 자기 자식에게 남의 아이가 입다 버린 헌옷을 입히는 것을 기뻐하겠는가? 친부모 형제간에게 버림당한 것도 서러운데 옷이라도 새 옷을 입혀야 한다는 것이다. 구제는 거절하고 사랑은 받는다. 광고하려고 사진 찍고 구제하러 오면 정중히 돌려보낸다. "우리 어린양의집은 구제 받기 위해 세운 곳이 아닙니다. 내가 아끼는 내 자식들이 크고 있는 어린양의집입니다. 하나님의 이름으로 보낸 것이라면 백 번도 받고, 사랑의 이름으로 갖고 온 나눔이라면 감사히 받습니다."

어린양의집은 금식과 기도의 집이다. 하루 세 끼를 다 먹어도 모자란 아이들이다. 그러나 국가에 재난이 일어날 때마다, 북 핵문제로 나라가 걱정될 때, 경제적으로 어려워져서 후원자들이 어려움을 겪을 때 그 은혜에 대한 보답으로 정박아들을 데리고 금식과 기도로 일과를 삼는다.

버려진 아이들이 어린양의집에 왔을 때는 난치, 불치병을 갖고 온다. 그러나 오래지 않아 어린양의집에서 안정이 되면 병원에 갈 필요 없을 만큼 건강하게 생활한다. 어린양의집 원장은 날마다 무서운 사랑의 전쟁을 치르며, 밤마다 괴로워하며, 회개한다. 대소변도 가리지 못하는 아이들이 빨래를 한다며 후원자가 갖다 준 합성세제를 모두 집안에 가득 뿌리고, 물 뿌리며 모든 옷가지를 망치는 아이들과 싸우다 보면 해는 지고, 아이들 잠재워놓고 원장은 방에 들어가 "하나님 화 내지 않아도 될 일을 화냈습니다. 큰소리치지 않아도 될 일을 큰소리쳤습니다. 엄마노릇 잘하겠다고 다짐하고 시작한 일 하루도 똑바로 못했으니 용서해 주십시요"라고 기도한다.

"사모님, 내가 1,030명 전도했어요"

우리 세대는 성차별을 숙명처럼 받아들이고 컸다. 억울할 것은 없지만, 그것이 사회 발전에 엄청난 퇴보를 가져온 것은 사실이다. 그러나 교회는 남성들의 역할보다 여성들의 모든 역할로 교회성장을 가져온 것을 부인하지는 못할 것이다. 필자가 섬기는 교회도 예외는 아니다.

우리 교회 이 권사님께서 계절이 바뀌었고 사모생일이라고 외출복 한 벌을 사주셨다. 그 사랑이 고마워 저녁을 내가 대접했다. 우리 일행은 여섯이었는데, 식사 중에 이 권사님이 던진 두 마디의 고백이 우리를 놀라게 했다. 15년 전에 우리 교회에 와서 사업을 정리하고 오직 주의 일과 전도에만 몸을 바쳤다. 만일 사업을 계속했더라면 엄청난 돈을 벌었을 자신의 모습을 상상하면서, 그렇지만 그 보다 제일교회에 와서 교회와 목사님을 만난 축복과는 비교할 수 없다는 것이다. 그렇게 고백하는 이 권사님의 얼굴이 참으로 행복해 보였다. 사모된 나에게는 남편 칭찬이라 부끄럽기만 했다. "사모님, 내가 제일교회에 와서 15년간 전도한 사람들을 일련번호를 매겨 놓았는데, 지난주까지 1,030명입니다. 500명 째와 1,000명 째에게 감사하다고 선물을 사서 드렸습니다." 어림잡아 15년이면 780주, 매주 한 명씩 꾸준히 한 주도 빠지지 않고 전도했다는 이야기다.

이 권사님의 고백을 듣는 순간 나는 놀랐다. 그리고 행복했고, 부끄러웠다. '만일 이 권사님이 개척교회 목사라면, 개척 15년 만에

1,000명이 모이는 큰 교회로 성장시킨 분이 아닌가? 또한 전도에 훈련되고 감동 받은 교인이 열 사람만 같이 한다고 해도 1만 명이 출석하는 교회로 성장시킬 목회자가 아니겠는가? 하는 생각이 들었다. 우리 교회에는 70명의 전도특공대가 있다. 한 주에 두 번씩 교회에 나와 기도하고 훈련받고 전도현장으로 나간다. 매주 교회에 등록한 이름 옆에 전도한 사람의 이름들을 보면 익숙한 이름들이 항상 전도자로 올라온다.

우리 목사님은 항상 전도를 강조할 때마다 자신의 부족을 내세운다. 건강도, 지식도, 지혜도, 자랑할 것도 아무 것도 없다고 한다. 교회도 도시 중앙에 있는 것이 아니고 변두리에 있기 때문에 교회 건물 보고 오는 사람은 적다고 한다. 오직 예수 전하고 전도해서 데려 오라고 강조한다.

우리 사모회도 매주 수요일에 모여 기도하고 축호전도를 나간다. 한 주에 한두 가정 전도하기가 참으로 어렵다. 있는 자는 더 주어 풍족하게 하고 없는 자는 있는 것도 빼앗는다고 주님이 말씀하셨는데, 애쓰고 힘쓰는 사람, 불신앙의 영혼을 안타까워하며 구원하려 애쓰는 사람에게는 하나님이 1,030명도 전도할 수 있는 축복도 허락한다. 누가 시켜서 하겠는가.

만일 이 권사님이 남자였다면, 그렇게 전도할 수 있었을까? 여성이기에 전도가 더 가능하지 않았을까? 만일 한국교회에 여성보다 남성이 더 많았다면, 구역과 기도회와 예배와 헌신과 봉사가 오늘보다 더 잘될 수 있었을까? 의심해 본다. 성차별 속에서 모든 것이 합력해 선을 이루시는 하나님의 역사를 다시 보고 감격, 감사한다.

나는 미련한 다섯 처녀 중 하나

그날은 부활절이었다. 우리 안산은 교회 연합회 중심으로 부활절 새벽예배를 체육관에서 촛불예배로 드린다. 흰옷을 입고 감사헌금과 양초 하나를 준비해서 조금 일찍 도착했다. 이미 먼저 와 있는 성도들이 목련화 같은 모습으로 어두운 체육관 안에서 각자 촛불을 밝히고 있었다. 잠시 기도를 마친 나는 초를 꺼내어 성냥불을 켜서 불을 붙이려는 순간 놀라고 말았다. 초에 심지가 없는 게 아닌가… 심지가 없는 초를 가지고 온 것이다. 모든 것을 잘 준비해 왔다고 생각했는데, 가장 중요한 심지가 빠진 초를 골라온 것이다. 성경도, 흰옷도, 헌금도, 성냥도, 초도 다 준비를 했으나 가장 중요한 불을 붙여 밝히는 심지가 빠진 것을 모르고 온 것이다. 순간 미련한 다섯 처녀가 생각났다. 등도, 불도, 다 준비했으나 기름을 준비하지 못하여 밤중에 온 신랑을 맞이하지 못하고 바깥 어두운 곳에서 슬피 우는 여인들처럼 오늘 아침 나는 그 미련한 다섯 처녀 중 하나와 같았다.

남편은 표어처럼 교인들에게 능숙한 교인이 되어 성업을 능란하게 무성의하게 하지 말라했다. 또한 미숙한 교인이 되어 때도 없이 실수하는 준비 없는 그리스도인이 되지 말고 성숙한 그리스도인이 되라는 말이 생각났다. 나도 이제 26년의 경력 있는 사모가 되어 두렵고 떨림이 없는 순수함을 잃고 벌써 능숙한 사모가 됐나 싶어서 괴로웠다. 정성을 다해 준비해 온 촛불로 불을 밝히는 내 곁에 있는 평신도들의 순수하고 당차고 소망 넘치는 예배 모습을 볼 때 나의 부활절은 하나님 앞에서도, 사람 앞에서도, 내 양심과 내 모습 앞에서 그 렇게 부끄러울 수 없었다.

모든 신앙생활에 모범적으로 앞장서야 할 내가 이 무슨 부끄러운 모습인가? 민망하고 황당했다. 예배를 마치고 돌아오면서 "착하고 충성스런 종아 네가 작은 일에 충성했으니 내 주인의 즐거움에 참예 할지어다"라는 주님의 음성이 들리지 않았다. 다만 "게으르고 악한 종아 바깥 어두운 곳에서 슬피 울며 이를 갈라"는 말씀만 들려왔다.

나의 신랑 예수님은 지금 어디쯤 오고 계실까? 눈물 씻겨 준다기 에 많이 내 가슴에 참아 놓았는데, 대답해 주신다기에 많이 내 가슴 에 묻어 두었는데, 부끄러움 지워주신다기에 내 가슴에 많이 덮어두 었는데….

사모의 어머니

내가 다섯 살이고 내 젖동생은 세 살 때 병으로 어머니를 잃고 평생 어머니란 이름을 불러보지 못하고 사모가 되었다. 내 친구들이 "엄마" "엄마" 부를 때 나는 항상 가슴이 벅차도록 어머니가 보고 싶었고 부르고 싶었다. 오늘은 그 어머니 생각으로 우리 교인들의 어버이에 대한 그리움을 글로 써 보았다.

첫째 편지

오마니, 1.4후퇴 때 3.8선 넘으며 북에서 남으로 피난 올 때 인민군이 쏜 포탄이 우리가 있는 곳에 터져서 모두가 자기 살려고 흩어질 때 오마니는 젖먹이인 나를 품으로 가리우고 "하나님, 나 죽어도 이 아들은 살려주십시오" 하며 기도하셨습니다. 그 후 50여년 세월, 오마니 은혜로 나는 중년으로 장성했습니다. 오마니, 이제야 그 사랑 알 것 같은데 오마니는 저 세상으로 가셨습니다.

둘째 편지

아버지, 불효여식을 용서해 주십시오. 아버지가 앉은뱅이 지체장애인이라 결혼식 날 아버지가 안 오셨으면 했는데, 아버지는 벌써 내 마음을 아셨는지 사돈집 식구들에게 체면 손상 안 주겠다고 술잔 기울이시며 안 오셔서 삼촌이 내 손을 잡고 식장에 들어갔습니다. 그런데 왜 눈물이 나는지요. 나는 그냥 죄송하고 서러워 결혼식장을 눈물바다로 만들고 말았습니다. 평생을 두 평 가게에서 도장을 파서 딸자식 고등학교까지 가르쳐 주셨는데, 이 딸은 그런 아버지를 결혼식장에도 못 오시게 했습니다. 그 불효자 되어 내 결혼기념일마다 용서와 회개의 눈물만 흘립니다.

셋째 편지

엄마, 나 공부 못했다고 때릴 때 몹시 아프고 엄마가 밉고 섭섭했어. 그런데 내가 이혼하고 밤중에 짐 싸들고 갈 곳이 없어 결국 친정집에 왔을 때 엄마는 울며 나의 가슴 때릴 때 왜 안 아팠는지. 차라리 엄마의 매 맞고 아파서 죽었으면 좋겠어. 그것만은 닮지 않으려고 했는데 이혼까지 엄마를 닮았으니 용서해요.

넷째 편지

엄마, 오늘이 엄마 막내딸인 내 결혼식이야. 할아버지, 할머니, 아빠, 새엄마, 삼촌, 숙모, 언니, 오빠들 모두 왔어. 그래도 엄마는 안 보여. 5남매를 낳아 기르고 막내인 나를 낳다 젖 한 모금도 내게 못 주고 하늘나라에 가셨다는 그 말을 듣고 나는 자랐어. 평생 엄마 생각하지 않고 살았는데, 오늘 결혼식 날에는 엄마가 서럽게 보고 싶네.

다섯째 편지

어머니, 나는 세상에 태어난 지 5년 만에 젖동생과 같이 엄마를 잃고 할머니 손에서 자랐습니다. 한 번도 어머니란 소리 불러보지 못하고 유년시절부터 이제까지 자랐습니다. 그리고 사모기 됐습니다. 오늘 따라 하나님이 주신 남매 자식이 "엄마" "엄마" 하고 품에 안기는 것을 보고 나도 애들처럼 나의 어머니를 목이 터지도록 부르고 싶으나 사방을 둘러봐도 어머니는 안 계십니다.

여섯째 편지

고등학교 시험을 치르려고 도시에 갔을 때 점심시간에 국밥 한 그릇 시키시고 수저 두 개 달라 해놓고 아버지는 김치, 깍두기와 물로 배를 채우시고 시험 잘 보려면 배고프면 안 된다 하시던 아버지! 그 딸이 커서 건축회사 사장 부인이 됐습니다. 지금은 배고프시던 아버지에게 갈비고기로 다 채워 드릴 수 있는데, 안 계시니 어떻게 해요.

일곱째 편지

아버지께서 위암말기 판정을 받고 퇴원하시고 임종을 기다릴 때 식사도 안 하시고 물로 연명하셔서 속이 망가져서 그런 줄 알았습니다. 남기고 간 유서에 병든 아버지로 인해 자식들에게 오랫동안 고생시키게 하기 싫어서 하늘나라에 빨리 가시려고 금식하셨다는 글을 읽고 이 자식은 피 토하고 웁니다.

사랑의 무게

김 집사님이 아들을 낳았으나 남편의 방탕과 무직으로 인해 극한 경제적 어려움과 또한 이미 크고 있는 자식 남매 교육과 생계로 인해 이제 태어난 아들을 입양시키기로 결정해서 우리 부부는 10년을 기다려도 자식이 없는 이 집사님 집으로 입양을 시켰다. 물론 김 집사님 부부도 이 집사님 부부도 서로 비밀로 하고 입양을 시켰다.

아이는 왕자처럼 이 집사님 집에서 건강하게 잘 자랐다. 이 집사님 부부는 세상을 다 얻은 것처럼 참으로 어머니와 아버지로서 할 수 있는 모든 사랑과 생명 다해 정성을 쏟으며 키웠다.

그 후 일 년이 지난 어느 날, 김 집사님 남편이 술이 만취되어 우리 사택에 찾아와서 눈물을 흘리며 내 자식을 내놓으라는 것이었다. 이미 입양해서 남의 집 호적에 올라갔다 해도 막무가내였다. 왜 그때는 자식을 입양시켜 달라고 사정해 놓고 이제 와서 마음을 바꾸면 어떻게 하느냐 했더니 그때는 형편이 너무 어려워서 그럴 수밖에 없었으나 지난 일 년 동안 하루도 맘 편안한 날이 없었다며 제발 살려달라며 자식을 찾아달라고 밤새도록 사정하고 울고 갔다. 거의 한 달 동안 매일 사택에 와서 울며 자식을 찾게 해달라고 사정해서 우리는 어쩔 수 없이 이 집사님을 찾아가 사실을 말했더니, 이 집사님 부부는 "그런 법이 어디 있느냐, 우리는 이 아들이 없으면 죽습니다" 하고 펄펄 뛰었다. 그리고 이 집사님 부부는 그로 인해 병이 들고 말았다. 결국 이런 진통 속에 그 아이는 생모와 생부에게 돌아갔다. 물론 김 집사님 부부도, 이 집사님 부부도 우리 교회를 떠나고 말았다.

어느 날 TV를 보니 새끼 잃은 개가 멧돼지 새끼에게 젖을 먹이며 키우는데, 멧돼지 새끼의 치아가 개의 젖가슴에 상처를 내어 심하게 피투성이가 됐는데도 그 멧돼지 새끼에게 젖을 먹이는 것을 보고 낳은 사랑과 기르는 사랑의 무게는 한 푼의 차이도 없이 똑같다는 것을 새삼 두 번이나 느꼈다. 지금도 나는 이 집사님을 생각하면 기른 자식을 낳은 어머니에게 빼앗긴 가슴 아픈 사랑 때문에 죄송하고 미안해 눈물이 난다.

한국교회의 여성성도 헌신지수

우리 교회 K집사님은 20% 정도밖에 안 되는 심장으로 인한 지체 장애였던 남편을 잃고 두 자녀를 데리고 가내부업을 하며 정부가 주는 생활보조금으로 살아가고 있다. 집은 15평정도 되는 주공 영구 임대아파트에 사는데, 월 소득이 모두 합쳐 70여만 원 된다고 한다. 어떻게 그 돈으로 세 식구가 사느냐고 했더니, "사모님, 그래도 십일조, 여전도회비, 절기헌금, 건축헌금도 작지만 매달 드리고, 감사헌금, 주일헌금, 선교헌금 드리고도 조금씩 저축하고 살아요"라고 한다. 나는 너무 나 자신이 부끄러워서 입을 다물고 말았다. 70만 원이면 보통 잘 사는 사람들의 여행경비도 못되고, 하루저녁 회식비 정도이며, 브랜드 있는 옷 한 벌 값, 어떤 사치품값 정도나 될까 말까한 그 작은 소득으로 7가지 헌금을 드리니 그 헌신 지수는 도대체 얼마란 말인가?

우리 교회 B권사님의 교회생활이다. 월요일은 여전도회 찬양대 연습하러 교회로 출근하고, 화요일은 노인대학 봉사자로, 수요일은 예배드리러, 목요일은 전도대에 축호전도하기 위해, 금요일은 구역장 영성훈련과 구역예배 인도하기 위해, 저녁은 철야기도회에, 토요일은 교인 결혼식이나 장례식에, 주일은 주일예배와 성가대나 식당봉사 위해, 주일 밤은 밤예배 위해, 새벽은 새벽기도하기 위해 교회 온다. 권사님은 목회자가 아니다. 유급 직원도 아니다. 한 주간의 거의 모든 시간을 주님 위해 바친다. 그 모든 시간들을 비용으로 계산해서 하나님께 올린다면 헌신지수는 얼마일까?

한국교회는 복 받을 것이다. 하나님의 복을 반드시 받는다. 목회자보다 더 순수한 그들의 헌신지수 때문에 복을 받는다. 세계 어느 교회를 봐도, 세계 어느 교인을 봐도, 순교적 헌신에 가까운 한국교회 교인들의, 특별히 여성 성도들의 이 헌신지수를 따를 자 있겠는가?

친구야, 미안하다

꿈만 먹고도 배부르게 자란 학창시절에 한 책상 짝이었던 친구와 나는 한 교회에서 나는 사모가 되고 친구는 집사가 되어 제일교회를 함께 섬기는 주님의 은총을 입었다. 친구는 초등학교 양호교사로 봉직하다 성실한 동료교사를 만나 결혼하여 3남매를 낳아 행복하게 살았다. 건강이 좋지 못한 남편은 교직을 조기은퇴하고 지체장애자인 큰 딸 우영이를 위해 사업하겠다고 뛰어들었다가 실패하고 건강이 악화되어 젊은 나이에 하나님께로 갔다. 남편이 남기고 간 20평짜리 아파트에서 학교 다니는 두 아이와 엄마의 손길이 아니면 세수도, 대소변도, 식사도, 할 수 없는 장애자의 딸을 위해 친구는 삶의 현장에 뛰어 들어야 했다.

그러나 딸을 돌보는 일 때문에 아무 일이나 할 수 없는 처지라 새벽 4시에 일어나 우유를 배달했다. 9시까지 우유배달을 마치고 돌아온 그는 아침을 차려 자녀들과 함께 먹고, 집안일을 하며, 장애자 딸을 돌보다가 수금하러 오후에는 나가야 한다. 이런 고생 속에서도 건강한 아이들은 잘 자라 한 아이는 대학을 졸업하고 시집을 보내고 이제 막내만 졸업하면 된다. 주님의 축복이 있어 임대지만 지금은 24시 식품점을 경영하게 되었다.

내가 보기에 미안하고 죄송하고 안쓰럽기도 해서 우리 교우가 운영하는 장애인의 보금자리 어린양의집 원장에게 딱한 사정을 말했더니, 딸아이를 맡아주기로 약속했다. 조금이라도 친구가 부담 없이 살아갈 수 있으리라는 생각에서였다. 내 제안을 받은 친구는 고맙다면서 기도할 시간을 달라더니, 며칠 후 연락이 왔다. 수고한 일은 고맙게 받겠으나 딸을 장애인 시설에 나 편하자고 도저히 보낼 수 없다는 것이다.

"친구야, 내 딸 우영이는 하나님이 우리 집에 보낸 천사야. 우영이 아니였으면 우리 집은 예수 믿지 못했을 거야. 우영이가 전도 받고 예수 믿었기에 우리 식구 모두 믿었잖니. 우영이는 나를 믿고 나는 우영이를 믿고 살아왔어. 그 아이 없으면 내가 살아갈 의미가 없을 것 같아. 그 애 때문에 내가 그동안 고생한 것은 고생이 아니라 살아갈 의미였다. 나는 우영이 없이는 못 살아."

나는 부끄러웠다. 나도 자식을 낳아 기르면서 나 하나 편하자고 내가 돌볼 수 있는데도 내 자식을 버릴 수(?) 있겠는가? 자식이 건강하든, 병이 들든, 장애인이든, 비장애인이든 내가 사랑하고 돌보아야 하는 어머니인 나의 몫인 아닌가?

사랑의 값

　은행 중견 간부인 우리 교회 K집사님이 주식에 투자했다가 국내외 악재로 모든 주식이 휴지조각 되자, 그것을 만회해보려고 자기 재산을 모두 재투자하고 친척과 믿음의 형제들까지 동반 및 빌려서 투자했으나 그것까지 모두 잃어버렸다. 작장도 사표 내고, 재산도 하나 없이 모두 잃고, 갈 곳도 없는 처지가 되고 말았다. 두렵고 급한 마음에 집사님은 아내와 자식을 남겨두고 자살할 결심을 하고 청평으로 떠났다. 몇 번 죽으려고 결심했으나 신앙 때문에 자살해서 지옥에 갈 수 없고 또한 가족들은 어떻게 살 것인가? 그리고 믿고 빌려준 믿음의 형제들은 나를 얼마나 원망할 것인가를 생각하니 죽을 수도 살 수도 없는 기로에 서게 된 처참한 자신을 보고 있을 때 8천만 원을 빌려준 C집사님으로부터 전화가 왔다. C집사님은 고아원에서 자란 외로운 집사님으로 8천만 원은 평생을 모은 돈이었다.

　"집사님, 우리 집에 부엌 딸린 방한 칸이 지하에 있습니다. 우선 우리 집에 와서 살면서 살길을 찾아보세요. 제 돈은 후일 벌어서 꼭 갚으세요. 지금은 살고 봐야 되잖아요."

　1억 원을 빌려준 L권사님으로부터 전화가 왔다.

　"집사님, 집사님 부인과 저는 언니 동생처럼 10년을 함께 제일교회를 섬겼습니다. 제게 빌린 1억 원은 제가 안 받겠습니다. 지난 10년간 우리 우정과 사랑의 값이 1억 원보다 못하겠어요. 안심하고 돌아오세요."

두 번의 전화를 받고 K집사님은 돌아와 지하 단칸방에서 기거하며 성도들의 도움으로 새 사업을 시작했다는 소식을 듣고 나는 울었다.

이것은 말로 하는 설교가 아니라 몸으로 하는 설교다. 사람이 떡으로만 사는 것이 아니다. 사랑으로 산다. 세상에 아름다운 것이 많다지만, 사랑의 마음으로 친구를 위해 1억 원도 포기하는 우정의 마음만큼 아름다운 것이 어디 있겠는가? 우리 모두 10년의 신앙 우정과 사랑의 값을 1억 원으로 살 사람은 얼마나 될까?

"하나님, 살아 계신 하나님, 이 믿음의 세 사람 위에 복을 내려주십시오. 저들의 아름다운 사랑은 아브라함이 모리아산에서 바친 그의 신앙과 다를 바 없습니다. 주께서 지극히 작은 소자에게 한 것이 곧 내게 한 것이라 했지 않습니까? 저들 우정의 제단 위에 축복하소서…."

가난의 지혜

외출하고 돌아와 보니 / 가구들이 옮겨지고 / 새로운 변화가 생겼다
놀란 것은 / 아내 혼자서 이 모든 일을 했다는 말 들었을 때다 / 가구
들 밑자락에 담요를 깔고 / 밀기도하고 끌기도 하면 / 아무리 무거운
가구도 미끄러지듯 움직인다 한다
아내에게는 / 내게는 없는 힘이 있다 / 생활 속에서 터득한 / 약한 여
자의 힘이다 / 그리고 / 담요의 힘이다 / 담요의 힘은 부드러운 힘이
다 / 담요의 힘은 더 큰 힘 아래 / 상처지도록 깔리는 겸손의 힘이다
아내여 / 나 없이도 충분히 살아갈 / 독립의 힘이 그대에 있어 / 나는
오늘밤도 평안히 잠들 수 있다

-고훈의 '아내의 힘'

남편이 심방하고 집에 돌아와 내가 집안 정리를 새롭게 한 것을
보고 칭찬하며 써준 시다. 시를 통해 예찬하듯 시만큼 칭찬 받을 모
델이 되기에는 내가 턱없이 부족하고 부끄럽다. 그런데 굼벵이가 구
르는 재주가 있듯이 내게도 여자의 숨은 재주가 있었다. 따로 양재기
술이나 미용기술을 배운 적도 없는데, 언제부터인가 목회자의 아내
가 된 후 동대문시장에서 싼 천을 끊어와 눈짐작으로 재단하여 재봉
틀로 바느질해 놓으면 내가 입기에 아주 편한 투피스가 만들어졌다.
권사님들이 옷이 보기 좋다면서 어디서 사 입었느냐고 한다. 내가 직접 만들었다고 하면 감탄하면서 자기들도 만들어 달라해서 몇 사람 만들어 주었더니 교회 올 때마다, 한 여름 내내 입고 오면서 옷이 편해서 좋다고 한다.

내 딸아이 초등학교 다닐 때 몇 번 머리를 커트해 준 적이 있었다. 그것을 본 남편은 이발사보다 내가 더 잘한다면서 내게 머리를 맡기는 때가 많았다. 남편이 병원 생활할 때는 내가 남편의 머리를 책임지고 깎아드렸다. 지금은 구순이 다 된 시어머니 머리는 내가 커트해 드린다.

남편이 병원에 있을 때 이런 나를 보고 웃으며 "여보, 나 먼저 하나님이 데려가면 당신이 양장점이나 미용실에 취직하면 애들하고 걱정 없이 살아갈 수 있겠네"라고 할 때 내 눈에서는 그날 눈물이 솟았다. 다른 남편들처럼 설거지라도 해달라고 떼쓰면 "목사가 설교를 잘해야지 설거지를 잘해서 되나" 하더니 그래도 가족을 다 걱정하는구나 하는 생각에서다.

죄송해서 어쩌지요

나는 하나님으로부터 남매를 선물로 받았다. 음악을 전공한 27살 된 큰딸이 아빠를 뒤이어 목사가 되겠다고 선지학교에 들어갔다. 사위 될 청년도 같이 신학을 공부하고 있다. 결혼하겠다고 우리에게 딸아이가 허락 받으러 왔을 때 두 사람 모두 목사가 되겠다는 그 조건 하나로 아무런 계산도 하지 않고 허락했다. 오히려 감사하고, 대견했고, 영광이었다. 목사 가정에서 자란 그 아이들이 그 아버지들의 뒤를 이어 목사가 되겠다는 그것만으로 무엇을 더 바랄 것이 있겠는가?

문제는 결혼식에 대한 걱정이었다. 물론 신랑측도 목회자 가정이라 상견할 때 피차 간소하게 결혼식을 치르자고 약속했다. 그러나 초청범위는 얼마나 하고 교인들에게는 어떻게 할까? 예단은 얼마나 해야 하는 거가? 애경사를 한 번도 치러본 적이 없어서 나는 이런저런 걱정이 태산 같았다. 그런데 수석 장로님이 오셔서 당회에서 결정했다며, 목사님과 사모님은 아이 결혼식에 대해 아무 걱정하지 말라 했다. 손님들 식사는 권사회와 여전도회에서, 그리고 예단이며 혼사의 모든 경비는 교회에서 다 준비했다고 한다.

나는 입이 막혔다. 남편 목사님 병원 치료받는 2년 동안, 아이들 출산 때부터 학교공부 마칠 때까지 지금껏 물질적으로 모든 뒷받침을 교회가 해왔지 않는가. 남편과 함께 극구 사양했다. "우리도 자식 결혼시킬 만큼의 준비는 되어 있습니다. 말만으로도 생각만으로도 감사합니다" 했으나 소용없었다. 젊어서는 우리가 그래도 교회에 무엇인가 보탬이 되려고 희생이 되려고 살아왔는데, 구순이 다 되신 시어머님은 하늘나라 가까웁고 또 장성한 아들까지 있는데… 이제는 교회에 짐이 되는 일만 남는 것 아닌가 하는 생각에 괴롭다. "하나님, 우리가 이런 사랑 받아도 되나요. 뒤돌아보니 지독히도 가난했던 우리 가정을 하나님이 평생 교회를 통해서 먹이시고, 입히시고, 잠재우시고, 가르치시고 자식들 장래까지 책임지시니 죄송해서 어쩌지요. 하나님, 죄송해서 어쩌지요.

내 가슴은 구멍 뚫리듯 허전하고 / 아직 보낼 준비도 안 했는데 / 너는 / 이웃 다녀가는 듯 손도 흔들지 않고 / 고운 드레스입고 신부되어 떠난다

함께 살아낸 세월들 / 서로 살아있는 시간들 / 이제는 홀로 살아갈 내일을 남기고 / 너는 / 네 것만 갖고 간 것이 아니라 / 우리의 모든 것까지 갖고 간다

내가 애써 제방을 쌓을 때 / 너는 스스로 배를 만들고 / 나는 보내야 할 땅에서 / 너는 출항할 항구에서 / 그리움으로 기다림으로

그럼에도 / 사랑하는 딸아 / 너와 내가 함께 주의 종이 되었으니 / 우리가 무엇을 하든 / 착함과 충성으로 / 주님 위해 살다 주님 위해 사라지자 / 그리고 / 어디에 있든 / 주안에서 샬롬

- 고훈의 '딸을 시집보내며'

애리조나의 수탉

애리조나에 아침부터 눈보라가 동반한 토네이도가 밀어닥쳐 하루 종일 내리고 다음날 새벽까지 계속됐다. 피해는 엄청났다. 주민들이 새벽 미명에 밖에 나와 보니 태풍은 멈추었으나 돈사도, 우사도, 계사도 무너져 모든 가축들이 떼죽음을 당했고, 예배당도 무너지고, 가옥도 파괴되고, 농장도 유실되는 눈으로 볼 수 없는 참사였다. 모두 다 절망 속에 있는 그곳에 새벽 닭 울음소리가 "꼬끼오 꼬오~" 하고 들려왔다.

그 상황 속에서도 죽지 않고 살아난 수탉 한 마리가 밤사이 태풍을 견디다가 비 맞고, 벼슬은 상처지고, 꼬리는 빠지고, 가족과 이웃을 다 잃은 슬픔 속에서 홀로 겨우 생존해 아침 시작을 알리는 울음을 그 몸으로 다하는 것이다. 그곳에 있던 절망한 모든 사람들이 그 수탉의 울음소리와 그 모습을 보고 모두 용기를 갖고 일어섰다고 한다. 이 이야기는 남편 목사님이 주일날 설교한 내용 중의 한 일화이다.

나는 설교를 들으며 눈시울이 뜨겁도록 가슴 뭉클한 감동을 받았다. 수탉은 미물이다. 하지만 그보다 더한 시련이 온다 해도 아침을 깨우는 울음을 울 것이다. 사명 앞에서 본능적으로 충성하기 때문이다. 하나님이 만드신 모든 피조물은 모두 다 자기에게 주어진 사명에 목숨을 건다. 태양이 빛의 사명을 잃거나, 달이 그 반사의 사명을 잃거나, 바다의 사명, 강물의 사명을 잃어버리거나 버린 경우는 없다.

새들이 노래하는 사명, 식물들이 열매 맺는 사명을 결코 버리지 않는다.

　반면 나는 가정사로 속상할 때, 내 몸이 몸살이 나고 아플 때는 우는 성도들과 함께 눈물을 흘려주지도 못했고, 기뻐하는 자 곁에서 기뻐해 주지도 못했다. 더욱이 병드신 시어머니 병간호를 하게 된 후와 두 아이들 입시며 결혼준비를 하고 바쁠 때는 그들과 함께 하는 사명을 다하지 못했다. 주님께서 미물(개미)에게 가서 배우라더니 참으로 애리조나 수탉에게서 사명을 배울 자는 바로 나였다.

미친 세상

이른 봄에 피는 매화와 목련이 가을 낙엽 속에 피고, 4월에 필 진달래가 가을 산에서 핀다. 과학자들은 지구 온난화 현상으로 꽃들이 계절 감각을 잃어서 그렇다고 한다. 아무래도 꽃들도 변화되는 어처구니없는 주변 환경을 보고 미쳐가고 있는 것이 분명하다.

남편 목사님은 어묵을 특별히 좋아한다. 고속도로에서 휴게소를 지날 때는 어묵을 드시곤 한다. 그런데 어묵 공장들이 동물 사료로도 불합격 판정을 받은 대장균과 낚시 바늘과 부패된 어류들을 제조해서 어묵을 만들어 백화점과 시장에 납품해 유통했다 한다.

학교급식 납품업체가 어린 학생들을 상대로 이익이 남으면 얼마나 남겠는가? 그런데 상납금으로 학교 당국자에게 수백만 원 내지 천여만 원까지 냈다면, 그 비용은 어디서 충당해야 했겠는가? 그런 환경 속에서 자라는 우리의 자녀들을 생각하니 마음이 답답하다.

남편 목사님과 가끔 부대찌개 식사를 별식으로 한다. 보도된 바로는 미군식당에서 개밥으로 쓰여질 찌꺼기 같은 것들이 수만 명이 먹을 수 있는 부대찌개로 둔갑해 유통되어 판매되고 있다니, 할 말이 없다. 또한 유별나게 남편이 좋아하는 도라지가 폐수 처리할 때 쓰는 아황산 알루미늄으로 처리되어 500톤이 유통됐다니 음식 먹기가 무섭다. 이 모든 것은 인간이 사람을 사랑하는 것보다 돈을 더 사랑하고 있기 때문이 아닐까?

초등학교 때 우리는 뺄셈, 덧셈, 곱셈, 나눗셈을 배웠다. 단순한 산

수만이 아니라 더한 것이 있거든 반드시 빼야할 것도 있다는 것을, 곱한 것이 있거든 반드시 나누어야 할 것도 있다는 것을 가르친 진리 리라. 많이 받았으면 많이 나눠주어야 한다는 인생의 교훈을 미쳐 가는 세상에 적용해야 하지 않을까?

기독교인은 비빔밥

남편의 중학교 동창 한 분이 지방 중학교 교감선생이다. 안산에 있는 교육자 훈련원에서 합동교육을 받기 위해 머무르다 남편과 실로 40여년 만에 만나 지난 세월을 뒤적거리며 저녁식사를 나누었다. 그 자리에서 남편은 교감 친구에게 간곡히 전도를 한 후 "학교에 교사가 몇 명이나 근무하느냐? 기독교인 교사들의 근무태도는 어떠느냐?"고 물었다. 교감 친구는 교사는 85명 된다 하면서 그렇지 않아도 친구 목사에게 꼭 해주고 싶은 말이 있었다며 말 문을 열었다. 30평생 가르치신 선생님답게 첫째, 기독교 교사는 한결같이 대부분 너무 이기적이라는 것을 지적했다. 자신이 알기는 기독교인은 희생이나 사랑으로 빛이 되고 소금이 되는 사명이 있는 줄 아는데 양보나 손해나 희생정신이 생각보다 없다고 한다. 둘째, 너무 정확하게 따지는 것을 잘한다고 했다. 셋째, 기독교인끼리만 어울리고 타종교인이나 비기독교인은 이방인으로 생각하며 기독교가 구원의 종교라는 우월감이 너무 강한 것을 지적했다. 그리고 그런 잘못된 기독교인들 때문에 자신과 모든 불신자 교사들은 기독교에 대해 상당히 거부감과 염증을 갖는다고 솔직하게 대답해 주었다.

우리는 그 얘기를 들으면서 부끄럽고 괴로워하며 두 가지를 생각했다. 하나는, 우리 기독교인들이 교회에서 예배드릴 때까지는 성도가 분명하나 세상에 나갔을 때는 맛을 잃은 소금이 되어 이토록 비천하게 우리가 살아가는 세상 속에서 비빔밥이 된다는 슬픈 생각이다.

기독교인이 진실하게 살면 반드시 세상에서 핍박을 받는다고 했다. "무릇 그리스도 예수 안에서 경건하게 살고자 하는 자는 박해를 받으리라"(딤후 3:12). 사실이다. 저들의 삶의 스타일과 우리들의 삶의 가치관은 모양도 다르다. 때문에 이리 가운데 양처럼 엄청난 핍박을 받는다. 반대로 우리가 조금만 잘못하면 비난으로 비벼서 그들의 입술에 이야기 거리가 되는 비빔밥처럼 되고 만다. 또한 주님은 뱀같이 지혜롭고 비둘기 같이 순결하라고 하시며 우리를 세상에 보내신다. 오 리를 가자하면 십 리를 가주고, 속옷을 가지고자 하면 겉옷도 주고 오른 뺨을 때리면 왼편 뺨도 내주는 바보신앙을 갖고 세상으로 가야 한다.

예외적인 축복

죽을병이든 히스기야 왕이 유언하라는 이사야 선지자의 하늘 메시지 받았을 때 문을 닫고 벽으로 얼굴을 향하고 기도하여 15년의 생명을 연장 받은 은총은 아주 특별한 예외적인 은총이다. 사라가 경수가 끊어진 후에 아들 이삭을 낳은 것도 아주 특별한 예외적인 은총이다. 빌라델피아교회에 대해서 "네가 인내의 말씀을 지켰은즉 내가 또한 너를 지키어 시험의 때를 면케하리라"고 하셨다. 어느 누가 이 세상을 살면서 시험에서 면제되는 사람이 하나라도 있겠는가? 그러나 하나님은 빌라델피아교회에 시험의 때를 면제해 주신다고 하셨다. 에녹이 승천한 것이나 엘리야가 승천한 것은 모두가 특별한 예외적인 은총을 입은 사람들이다.

연말이라 지난 일 년만이라도 뒤돌아보면, 남편 목사님은 위암말기 환자로 수술 받고 생존률 0%에서 2년 반을 살아오고 있다. 교회에도, 가정에도, 목사님에게도, 특별히 나에게도 아주 특별한 예외적 은총이다. 살인, 강도, 폭발, 교통사고, 난치 불치병 등 험한 세상에서 우리가 지난 한 해를 아무 사고 없이 살아 왔다는 것은 아주 특별한 예외적인 은총이다.

성모였던 마리아가 "주의 여종이오니 말씀대로 내게 이루어지이다"(눅 1:38)라고 할 수 있었던 것은, 그래도 주님께 드릴 수 있는 몸, 여자의 몸, 어머니의 몸이 있었다는 것에 대한 아주 특별한 예외적 은총에 대한 감사였다. 12월은 성모의 계절, 어머니의 계절이다. 어

자로서 섬기고 봉사할 수 있는 몸을 주신 것은 아주 특별한 예외적

은총 아닌가?

우리 교회의 브리스길라와 아굴라

정 집사님 부부는 성이 같다. 그러나 성격은 정반대다. 남편은 직업군인으로 정년퇴직을 하고 슬하에는 두 아들을 두었다. 우리 교회에서는 정 집사님 부부를 전도 부부라고 부른다. 남편 정 집사님은 외출을 매일 의무적으로 한다. 이사하는 집 주소를 파악하기 위해서다. 이삿짐을 싣고 오는 차를 보면 정확히 아파트 동 호수를 확인하고 아내 정 집사님에게 전한다. 그러면 아내 정 집사님은 지역 책임 전도대원들을 데리고 전도하러 현장으로 간다. 전도한 후 교회에 출석할 것을 약속받아 내면 교회 출석 날짜와 시간을 정하고 남편 정 집사님의 차로 모시거나 새 교인이 차가 있을 때는 에스코트하기도 하고, 차가 있다 해도 굳이 가까이 하기 위해 차로 모시며 기쁘게 운전기사로 봉사한다. 새신자가 정착할 때까지 그림자처럼 뒤따라 다니며 천사 역할을 해준다.

큰아들은 대학 졸업 후 가정을 이루어 우수회사 중견 간부로 재직하고 있고, 둘째아들은 경찰대학을 나와 고급 간부직 시험에 합격하여 연수받고 새 가정을 가졌다. 모두 다 자립했다. 이제 남은 생애 주님께 전도만 하면 된다는 정 집사님 부부를 우리는 브리스길라와 아굴라라 부른다. 그 나라와 그 의(마 6:33)를 구하는 믿음이다.

완전한 길

결단은 축복의 시작이다. 탕자가 결단하고 나니 축복은 시작됐다. 노력은 성공의 시작이다. 에디슨도 1%의 영감에 99%의 노력이라 했다. 희망은 성취의 시작이다. 위대한 '고백' 작품은 모두 50년, 100년 전에 나온 공상만화에서 힌트를 얻은 것들이다.

성공은 또 다른 성공의 시작이다. 모두가 성공을 향해간다. 사랑은 가장 아름다운 목표이다. 사랑에 빠진 영국의 윈저공은 왕관을 포기하고 심슨과 결혼했다.

그러나 반드시 그렇지 않은 것이 사실이고, 현실이다. 그렇다면 어찌하여 그토록 위대한 결단이 작심이 되고, 밤잠을 안자고 피땀 흘리며 노력했는데 목표에 도달하지 못하고, 희망 하나로 살아왔는데 희망이 큰 만큼 절망에 빠지고, 신념으로 행동했는데 돌아온 것은 실망이었고, 성공이 끝이라 생각했는데 성공했기에 인생은 실패하기 시작하고, 죽도록 사랑하다 결혼했는데 그들은 미움과 갈등으로 헤어져야 하는가? 모든 것이 완비되고, 모든 것이 다 됐다 해도 한 가지 부족한 것이 있다. 그것은 오직 주님의 도우심이다. 그것은 두 마디 말씀 때문이다. "너희가 나를 떠나서는 아무 것도 할 수 없느니라"(요 15:5). "힘으로도 안 되고 능으로도 안 되고 오직 나의 신으로 되느니라"(슥 4:6).

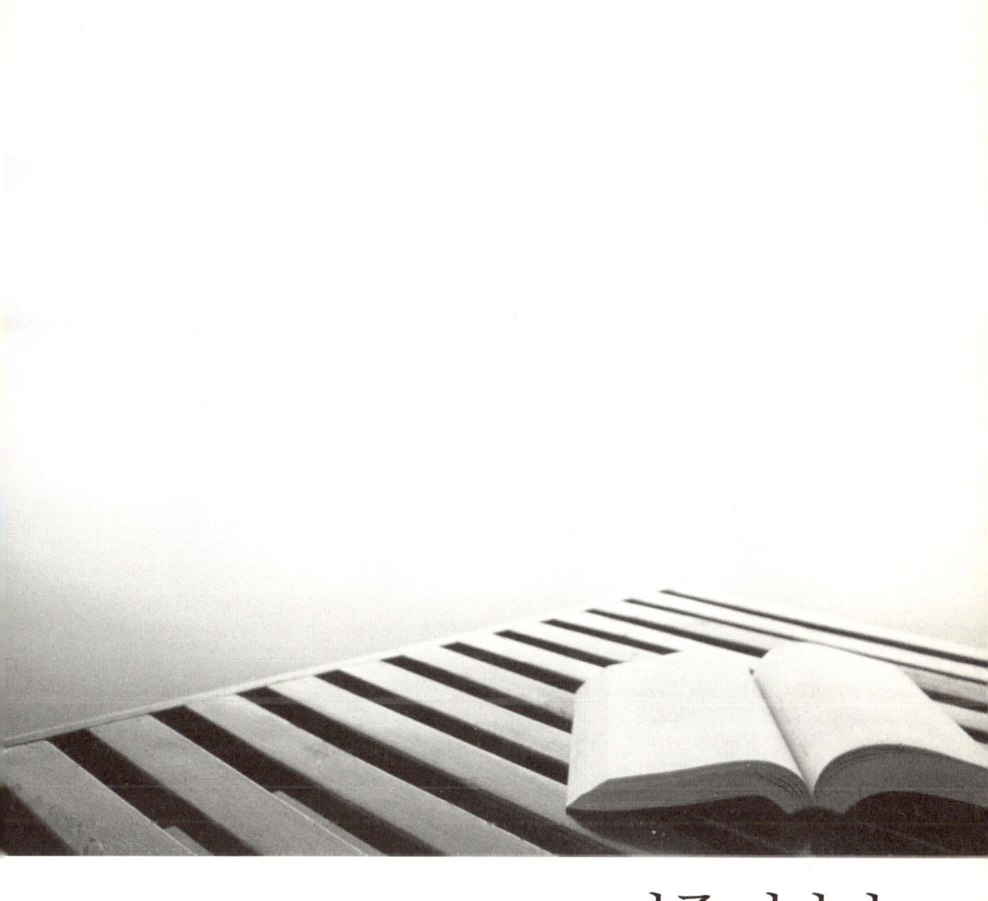

가족 이야기

"고맙습니다. 아버지 내가 그래서 시인목사가 됐습니다."

1. 할아버지 이야기

고화일 할아버지는 일제강점기 시절 동네에서 제일 큰 사랑채를 짓고 젊은이들을 모아 민족정신과 교육에 힘쓴 서당 훈장이셨다. 나는 어깨너머로 천자문을 배웠고, 평생 잊지 못할 고사를 동화로 할아버지에게서 들었다.

임금이 사냥 갔다가 비를 피해 민가에서 신분을 숨기고 하루 유숙하게 되었다. 방안 벽에 '아독무와불득지(我獨無蛙不得志)' 란 글이 쓰여 있었다. 뜻을 몰라 가난한 집주인 선비에게 무슨 뜻이냐고 물었더니, 선비는 "개구리가 없이는 뜻을 이룰 수 없다는 뜻입니다. 꾀꼬리와 까마귀가 노래시합을 했는데 심사위원장이 외가리였습니다. 꾀꼬리는 까마귀에게 매번 지고 말았습니다. 까마귀는 노래연습도 안 하고 개구리만 잡아다 외가리에게 바치면 항상 1등이기 때문입니다. 저는 과거를 아홉 번 보았습니다. 정답을 썼는데도 뇌물이 없어 아홉 번 떨어졌습니다"라고 말했다. 임금은 이달에 있는 과거에 한 번만 더 참가해 줄 것을 부탁하고 떠났다. 그달에 치른 과거는 '와독무와불득지' 라는 뜻을 풀라는 문제였다.

나는 젊은 날 지방공무원 병사계장으로 5여 년 근무하고 신학교를 가기 위해 퇴직을 했다. 할아버지가 남기신 유산인 논을 팔아 공무원으로 근무하며 진 빚을 갚고 나왔다. 당시 병사계 일을 보려면 부정하면 돈을 모을 수 있었고, 뇌물을 받지 않고 정직하면 빚을 져야 했다. '아독무와불득지' 는 나로 평생 깨끗하게 살아야 할 할아버지께 받은 살아있는 유산이었다.

할아버지의 피를 받은 나는 책을 스승으로 삼고 2만여 권의 책을 소장한 목사가 됐고, 어려서부터 동네 아이들을 모아놓고 이야기를 하면 시간가는 줄을 몰랐고, 모네기를 할 때도 줄을 잡고 하루 종일 이야기를 하면 동네 누나들이 허리가 아픈 줄도 모르며 일했다고 좋아했다.

2. 아버지 이야기

일제강점기 시절 세 명의 학생이 와세다대학에 유학을 했다. 서로 여동생을 주어 처남 매부사이가 되자고 했다. 아버지 고향만은 외삼촌인 김영춘으로부터 누이동생을 아내로 맞았고, 아버지의 누이동생인 나의 고모님 고행금은 나의 고모부인 문익배에게 시집을 갔다. 고모부는 고모님과 결혼한 후 결핵으로 세상을 떠났고, 아버지도 결핵으로 운명했다. 외삼촌은 해방 후 무안군수 재직시 적극적으로 피난민을 정착시키고 살 터전을 마련했다 하여 지금도 홍도에 가면 외삼촌의 공적비가 피난민에 의해 세워져 있다. 외삼촌은 일본에서 공부할 때 피를 팔아서 공부했다. 가난을 스스로 알았기에 고통당한 사람을 품을 수 있는 긍휼을 베풀었기에 내가 피를 토해도 스스로 일어서려는 자립심과 인간에 대한 긍휼을 외가로부터 받은 것 같다.

해방이 되었지만 일본으로 귀국하지 못한 시게오라는 일본인이 우리 동네에서 몰매를 맞고 정신 이상이 된 거지가 되어 움막에서 살고 있었다. 우리 집에 시게오가 자주 왔었다. 그가 올 때마다 아버지는 방안으로 불러들여 밥상이며 술상이며 차려놓고 배불리 먹이고, 용돈이나 헌옷들을 보따리에 챙겨주셨다. 그가 그해 추위에 죽은 후에도 동네 청년들을 동원해서 잘 묻어 주기까지 했다. 아버지는 일본에서 공부한 이유 때문에 그를 그렇게 사랑했다.

그 후 그것을 보고 나는 장년이 되고 목사가 되었다. 우리 부목사님을 파송해 오사까 시온교회를 개척했다. 안수집사인 하시모토와 부인인 요시에 권사님 부부가 오사카 다니마치 거리에 5층 빌딩을 하나님의 성전으로 봉헌했다. 다니마치 거리에 십자가가 세워진 것은 다니마치 거리가 생긴 후 처음 일이다. 나는 목회하며 10여 차례 무서운 불치 난치병과 싸워야 했다. 요양이 필요할 때마다 하시모토 집사는 한 달도 두 달도 일 년이라도 좋다며 아리마온천 최고의 시설에서 우리부부를 쉬게 하고 주님께 하듯 우리를 거짓 없는 헌신으로 봉사한다. 세상 어디에서도 하시모토 집사님에게 받은 사랑은 갚을 수도 없고 받지도 못할 것 같다.

아버지께서 일본인 거지 시게오에게 향한 그 사랑의 열매를 아들인 내가 하시모토 집사님에게서 거둘 줄 누가 알았겠는가?

3. 고모 이야기

고모님의 시댁은 신앙가문이었다. 결혼 선물로 받은 성경을 고모님은 오빠인 내 아버지께 다시 선물했다. "오빠는 신학문을 배웠으니 성경을 읽고 교회에 나가 예수 믿고 구원받아 쓰러져가는 친정을 다시 살리세요" 하며 시댁으로 갔다. 6개월 뒤 친정에 와 보니 아버지가 그 성경을 한 장 한 장 찢어서 엽연초를 말아서 담배를 피우고 있었다. 화가 나고 속상하고 기가 막힌 고모님이 "오빠, 저 성경은 집 한 채를 팔아도 구하기 힘든 귀한 것이야. 오빠, 피를 토하고 차라리 죽는 것이 남은 가족이 사는 길이다"라고 저주하고 친정에 발걸음을 끊었다.

과음과 무절제, 유곽출입으로 아버지는 폐결핵 말기 환자가 되었고, 집 한 채도 없는 처지가 되었다. 큰 이모님은 과수원을 갖고 있을 만큼 넉넉했다. 막내 동생인 어머니의 고생하는 것이 안타까워 큰 이모님의 과수원 사랑채로 동생과 어머니와 결핵말기 아버지가 얹혀 살게 되었다. 아버지의 병세는 더욱 악화되어 피를 토하고 쓰러지는 횟수가 잦았다. 동네 사람들은 우물가나 일터에서 수군거리기 시작했다. 왜 저런 전염병 환자를 우리 동네에서 받았느냐고….

그러던 어느 날, 아버지의 친구가 찾아왔다. 친구가 이 지경이 되도록 내버려둔 것 미안하다 하시며 처가 동네에서 멸시 받으며 살지 말고 우리 집으로 가자고 하셨다. 아버지의 친구는 진실한 우정으로 사랑채를 우리 위해 내어 주었다. 어느 날 밤 심한 기침을 토하던 아버지는 각혈로 세상을 떠나셨다. 장례까지 잘 치러준 분은 아버지의 친구였다.

내가 오늘까지 헌 옷도, 헌 구두도, 헌 가방도 버릴 수 없는 것은 인간을 버리지 않겠다는 사랑으로 아버지의 장례까지 치러준 아버지의 친구에게서 사람을 버리지 않는 참 사랑을 12살 때 보았기 때문이다.

고모님이 우리 교회를 수십 년 만에 방문하고 예배를 함께 드린 적이 있다. 예배 후 눈물을 흘리며 나와 아내의 손을 붙잡고 "용서해라, 고목사야. 네 아버지가 성경을 찢어서 담배를 피울 때 내가 네 아버지를 피토하고 죽으라고 저주했다. 내 저주로 네 아버지도 폐결핵으로 돌아가시고, 내 조카도 그 많은 세월을 폐결핵으로 피를 토했구나. 그런데 네 아버지가 잘 한 것이 한 가지 있다. 그래도 그 연기로라도 성경말씀 먹었기에 말씀의 연기가 내 조카의 가슴에 유전되어 너의 설교가 목소리로 나오는 것이 아니라 폐부에서 나오는 말씀이라 오늘 너의 설교를 듣고 내가 많이 울었다"고 말씀하였다. 죄 많은 곳에 은혜가 넘쳤도다(롬 5:20).

아마도 나의 아버지가 시편까지 엽연초를 말아서 담배를 피우셨나보다.

"고맙습니다. 아버지 내가 그래서 시인목사가 됐습니다."

4. 어머니 이야기

내가 여섯 살 때인가. 아버지가 새 엄마 될 사람을 데리고 집에 왔을 때 어머니 김길엽은 밥상을 차려왔다. 나는 새 엄마라는 여자가 준 과자와 용돈을 받아들고 그녀의 무릎 위에 앉아 있었다. 그때 나를 응시한 어머니의 눈빛과 언어들을 어른이 된 후 들을 수 있었다.

"어미가 차린 이 눈물의 밥상은 너만 없다면, 어미는 벌써 네 아버지를 버렸다. 그런데 너는 과자 한 봉지에 저 여자 무릎에 앉았느냐?"

어머니는 아버지의 평생 외도를 감당했고, 5년은 폐결핵 말기인 남편의 임종까지 수발했다. 아버지가 떠난 후 생선광주리를 머리에 이고 친정, 친척집을 찾아가며 장사를 하여 나를 가르쳤다. 내가 결핵을 앓았을 때 어머니는 어느 날 산에서 살아있는 독사를 잡아와서 약으로 달여 주셨다. 그때 어머니께서 폐결핵을 앓고 있는 자식을 위해 막대 하나로 독사를 잡은 것은 어머니의 목숨을 건 사랑이었다. 그 후 위, 췌장, 십이지장, 임파선, 말기암으로 투병할 때 "너 살고 내가 죽어야 한다"며 하나님께 기도하시더니 치매로 고생하시다가 내가 일어서는 것도 못 보시고 하늘나라로 가셨다.

5. 아내 김영란 이야기

아내는 다섯 살 때 젖먹이 동생과 함께 어머니를 잃고 고모들과 할아버지 할머니의 큰 사랑을 받고 자랐다. 처 할아버지는 그 지역에서 제일가는 부자였고, 학교건축이나 지역개발에 물질적으로 크게 봉사하는 기부자로 존경받은 부자였다. 아내는 할아버지의 부요함과 어머니의 잃음을 통해 자리한 깊은 아픔이 있다.

내가 결핵으로 투병할 때 그녀는 그녀의 고모부가 운영하는 별정우체국 직원으로 근무하고 있었다. 교회에서 자연스럽게 만남을 가진 우리는 주로 토요일이면 말기환자들을 찾아가 기도하며 전도하며 투병의 용기와 희망을 주었다. 환자들은 우리를 천사를 기다리듯 기다렸고 우리 또한 믿음으로 치유될 것을 기도했다. 내가 청년들을 이끌어 가면서 새벽기도, 철야기도, 교회학교와 성가대를 봉사하는 일에 적극적으로 참여하던 때 철야기도를 하다 방언과 예언, 하늘 문이 열리고 "깨어 기도하라, 내가 가까이 왔다"라는 하늘의 음성을 모두 듣고, 새벽 3시에 교인들의 집 대문을 두드리며 "주님, 가까이 왔습니다. 깨어 기도하십시오" 하고 외쳤다. 온 교인이 새벽기도시간에 다 놀라서 나왔는데, 주님은 성전에 보이지 않고 우리 청년들은 방언으로 기도하고 있었다. 장년성도들과 중직자들에게 귀신이 들렸다는 오해를 받을 정도로 열심을 다했다.

그러는 중 나는 하나님께 서원을 했다. "주님, 이 몸을 주님께 드리고 싶습니다. 나는 몹쓸 병든 몸이나 나의 창조주 하나님이시기에 나를 고쳐 써주십시오. 내가 주의 종이 되겠습니다. 그리고 그녀를 내 아내로 주신다면 넉넉히 주님의 뒤를 따르겠습니다."

그녀에게 내가 주님의 소명을 받고 목사가 될 꿈이 있으니 사모가 되어 달라고 프러포즈를 했다. 그녀가 결혼은 생각도 안 해봤다면서 거절의 암시를 주고 헤어진 후 그녀가 교회를 출석하지 않았다. 그리고 한 달 동안 나는 그녀를 볼 수 없었다. 그녀는 오히려 자신의 처지를 절망하고 있었다. '내가 얼마나 못났으면 폐결핵 환자가 그것도 결혼 프러포즈를 했겠는가? 괴로운 날을 보내는 동안 하나님은 그녀의 마음을 움직였다.

공무원의 아내, 사업가의 아내, 고훈의 아내 되어 달라면 죽는다 해도 허락할 수 없다. 그러나 가장 무서운 것은 목사의 아내가 돼달라는 그 말은 거절할 수 없는 하나님의 소명으로 들려왔다. 꼭 한 달 뒤 나를 만난 그녀는 "지금은 가족반대로 결혼 얘기는 말고, 목사되는 날까지 기다릴 테니 신학교 가십시오. 제가 변할 것은 의심하지 마십시오. 하나님이 변하면 나도 변할 것이고 하나님이 변하지 않으면 나도 변치 않을 것입니다. 고 선생님과 제가 결혼하여 부부가 된다면 하나님께 기도하겠습니다. 고 선생님의 연약함 1/2을 제게 주시고, 저의 건강 1/2을 고 선생님께 주십시오. 그때 우리는 약하지만 건강한 가정이 될 것입니다”라고 말했다.

당시 나는 나를 치료하는 의사의 보증을 받고 신안군 제1회 지방 공무원시험에 수석합격하고 면청 병사계장으로 근무하고 있을 때였다. 직장에 사표를 내고 호남신학교에 입학을 했고, 4년 동안 올 A를 맞았다. 자식을 하나님께 잃었다고 우시던 어머니와 목사 되도록 기다리겠다는 그녀에게 보답하기 위해 피를 토하며 학교 공부에 전심한 결과였다. 졸업식 날 졸업 최우수상을 받고 어머니와 아내를 껴안고 우리는 울었다. 신학교 졸업 일 년 전에 우리는 목포 양동제일교회에서 박종순 목사님의 주례로 결혼식을 올렸다. 그때 내 형편이 가난한 신학생 때라 12월 23일 양동제일교회 본당에서 그 교회 청년이 결혼식을 마친 후 결혼식을 했기에 우리는 강단에 꽃장식을 하나도 할 필요가 없었다. 결혼기념 반지는 아내가 커플링으로 가져온 것을 교환하고 결혼식 시작부터 끝날 때까지 나는 흐르는 눈물을 감추지 못했다. 하나님이 내게 이 땅에서 주님 다음으로 주신 최고의 선물은 내 아내 김영란이다.

“누가 현숙한 여인을 찾아 얻겠느냐 그의 값은 진주보다 더 하니라”(잠 31:10)

6. 딸 고향 이야기

결혼을 하고 지방 신학교를 마친 나는 서울로 학교진학을 했다. 5년 동안 광주 하남교회를 섬기는 동안 신학생 전도사시절 개척교회보다 힘든 농촌 교회를 섬기는 어려움을 하나님은 아내에게 기적적으로 극복하게 해주셨다. 첫딸 임신 2개월 되던 눈 오는 추운 겨울에 저녁 지을 쌀이 떨어져 금식하자고 누었는데, 아내와 나는 배고픔 때문인지 11시가 되도록 잠들지 못했다. 그 시각 발자국소리 들리더니 사택 마루에 무엇을 놓고 가는 것을 느꼈다. 나가보니 쌀자루가 놓여있었다. 그 쌀로 밤중에 밥을 해서 상을 차려 놓고 "일용할 양식을 주시니 감사합니다" 할 때 우리는 울었다.

'주의 종은 밥 한 그릇도 그냥 먹으면 안 된다. 간절히 구하고 감사로 먹으라.' 나는 평생 주기도를 빨리하지 못한다. "일용할 양식을 주옵시고"라는 대목에서 목이 메이기 때문이다. 그날 이후 방학 때 실습 온 신학생과 동거하며 두 사람이 먹어도 20일이면 떨어지는 쌀독의 쌀이 세 사람이 한 달 먹어도 1/3은 언제나 남아있었다. 임신한 아내가 떡이 먹고 싶은 생각이 들면 교인 중 누군가가 떡을 해서 가져 왔고. 고기가 먹고 싶다고 하면 즉시 고기를 가지고 찾아왔다. 나는 세상 축복과 기적이 무서웠다. 그래서 나는 "우리가 먹을 것 입을 것 구하려고 주의 종이 된 것 아닙니다. 이제는 이런 기적들은 거두어 가 주십시오. 이런 기적에 익숙하면 주님의 참된 종이 될 수 없습니다"라고 기도했다.

첫딸이 2.8kg의 체중 미달로 태어났다. 황달 흑달이 겹쳐 광주에 있는 기독병원에 입원시켰는데, 아이 살리려면 피를 다 갈아줘야 한다는 것이다. 서울 기숙사에 있는 나에게 아내는 급히 내려 올 것과 병원 치료비 5만 원(당시 일 년 전도사 사례비가 되는 금액)을 준비하라는 의사의 말을 전했다. 병원에 도착하니 아이는 다 죽은 검은 숯덩이였다. 헐비트 선교사가 지나가기에 "아이 병이 위중하니 치유기도 부탁합니다" 했더니 어린 딸의 이마에 손을 얹고 한국말 서투른 선교사가 한참 생각하더니 "하나님 주의 종의 딸에게 믿음의 부자가 되게 하소서. 아멘"라고 기도해 주셨다. 그것은 분명 치유기도는 아니었으나 예언기도였다. 아이가 생존하지 않고야 어찌 믿음의 부자 되겠는가? 그 다음날 의료지원 없이 깨끗하게 나았다. 딸아이는 믿음으로 컸고, 아버지인 나의 인격과 성격을 많이 닮고 컸다. 학교 다닐 때 비 오는 날이면 차로 태워주겠다고 해도 항상 거절하고 버스를 타고 다녔다. 아버지 차는 주의 일하라고 교회가 아버지께 사주신 것이기에 딸인 자기가 타면 안 된다는 것이다.

음악 작곡을 전공한 딸은 미국에 유학을 갔다. 내가 말기암 수술을 받을 때 소식을 듣고 귀국해서 내 앞에 무릎 꿇고 "아버지, 이제 아버지를 뒤이어 목사가 될 게요. 나는 아버지는 영원히 죽지 않을 거라고 생각하고 살았습니다. 그런데 '우리 아버지도 하늘나라 가시는구나' 라는 생각이 들었습니다. 아버지는 우리가 짧은 인생을 사는 동안 가장 가치 있는 일, 목숨을 걸어도 좋을 주님의 일을 하라고 가르치셨고 그렇게 사셨습니다. 나도 언제인가 아버지처럼 세상을 마감할 것입니다. 가장 가치 있는 일은 주님의 일이다고 결심했습니다"라고 고백했다. 딸의 남편인 사위가 목사이고 내 딸은 신학을 마치고 아이 둘을 키우느라 목회를 쉬고 사모의 일에 충실하고 있다. 사위 최정상은 평생 학원선교에 몸 바친 목사님의 막내아들이고, 식구 중 여덟 식구를 주의 종으로 바친 목사님의 아들이다.

딸과 사위가 신학교시절 손녀를 낳아 교육파트 사역을 중단하고 사위가 교육파트전도사의 사례비로 생활할 때다. 60만 원 사례비로 아이까지 키우면서 살 수 있느냐 물었더니, 딸아이는 정색을 하고 "아버지, 우리는 이것 안 받고도 주의 일 해야 되지 않나요? 십일조 감사헌금 하고도 남는 것이 더 많아요. 우리 생활비가 한 달에 120만 원 정도 들어가는데, 나머지는 하나님이 그때그때 주셔요"라고 말했다. 주의 종이 되어 가고 있는 딸을 볼 때 눈 감아도 되겠다는 믿음이 온다.

7. 아들 고경 이야기

딸은 노력은 무섭게 하지만, 믿음은 아들을 따르지 못한다. 아들은 그 반대다. 믿음은 무섭다. 그러나 노력은 하지 않는 편이다.

중학교 1학년에 들어가 수학을 반에서 한번 최고점수를 맞은 후 거의 성적은 뒷줄 어디쯤이었다. 고등학교 때도 그랬다. 하루는 공부하지 않는 아들을 훈계하려고 아들 방에 갔더니 컴퓨터 게임을 하고 있어서 심히 책망하고 있는데, 책상 앞에 아들 친필로 써서 붙여놓은 성구가 눈에 뛰었다.

"네가 만일 하나님을 찾으며 전능하신 이에게 간구하고 또 청결

하고 정직하면 반드시 너를 돌보시고 네 의로운 처소를 평안하게 하실 것이라 네 시작은 미약하였으나 네 나중은 심히 창대하리라"(욥 8:5~7)

"아빠, 시작은 미약해도 나중은 창대할 거야. 아빠는 기도만 많이 해줘." 하나님 말씀 앞에 더 이상 아들을 나무랄 수 없어 아들의 믿음 앞에 나는 포기하고 하나님께 아들을 내려놓을 수밖에 없었다. 고 3이 되었을 때 그 실력으로는 도저히 대학진학이 어려울 것 같은 위기를 느꼈다. 수시원서만 내면 미달로 갈 수 있는 지방대에 어찌됐던 수시로 합격했다. 한 학기를 잘 다니더니 도저히 못 다니겠다며 자퇴하고 재수하더니 홍익대 조치원 캠퍼스로 아주 어렵게 합격했다. 그즈음 아들은 검소하고 겸손으로 평생을 살아온 장로님의 딸인 신앙이 좋고 총명한 간호사 여자 친구를 만났다. 그때부터 공부에 눈이 떴다. 다시 편입시험을 보고 홍익대 본교 캠퍼스로 옮겼다. 펜실베이니아 유니버시티 로봇 공학과 석사를 마치고 지금은 대학연구소에서 일 년 연구계약을 맺고 연구 후 그 실적을 가지고 로봇 공학박사 과정에 진학할 것이다.

나는 두고 볼일이지만 내 아들의 학력과정에 대해서는 불가사리에 가까운 미스터리이다. 내 아들이 "네 시작은 미약하나 네 나중은 심히 창대하리라"란 믿음을 아버지보다 더 신뢰하길 기도할 뿐이다.

목회칼럼 사모칼럼

초판 1쇄 발행일 2009년 05월 25일

저　자 | 고 훈 · 김영란
발행처 | 베드로서원
발행인 | 한순진
대　표 | 한영진

등록번호 : 제318-2005-000043호 · 등록일자 : 1988. 6. 3

서울시 영등포구 양평동4가 281 삼부르네상스한강 1307호
Tel. 02)333-7316, Fax. 333-7317
www.petershouse.co.kr
E-mail : peter050@kornet.net

베드로서원은 기독교문화 창달을 위해 좋은 책 만들기에 힘쓰고 있습니다.
*파본 및 잘못된 책은 바꾸어 드립니다.
*인지는 저자와의 합의 하에 생략합니다.

ISBN 978-89-7419-269-3

값 9,000원